**Funny van Dannen
An der Grenze zur Realität**

Funny van Dannen, 1958 geboren, lebt in Berlin. Er war Musiker bei verschiedenen Punk- und Jazzbands, war einer der Gründer der Lassie-Singers, spielt Gitarre und singt dazu Lieder von Lebewesen und anderen nicht unwichtigen Dingen des täglichen Lebens. Letzte CD: »Geile Welt«. Außerdem schreibt er Geschichten und malt schöne Bilder. Zuletzt erschienen: »Neues von Gott« (2004) und »Zurück im Paradies« (2007).

Edition
TIAMAT
Deutsche Erstveröffentlichung
1. Auflage: Berlin 2015
© Verlag Klaus Bittermann
www.edition-tiamat.de
Druck: cpi books
Buchcovergestaltung: Felder Kölnberlin Grafikdesign
Unter Verwendung eines Bildes von Funny van Dannen
ISBN: 978-3-89320-203-4

Funny van Dannen

An der Grenze zur Realität

**Critica
Diabolis
231**

**Edition
TIAMAT**

INHALT

In der Natur – 7
Märzgeflüster – 9
Auf einem Tisch – 11
Menage à trois – 13
Schule für Große:
   Folge 287 – 14
In der Krise – 18
Das Attentat – 21
Nora und der Teufelsaustreiber – 22
Die Pandaschau – 25
Ehrliche Arbeit – 27
Schule für Große:
   Lebenskunde Anfang November – 29
Urmode – 32
Gänse – 34
Der netteste Mensch der Welt – 37
Unterirdisch – 39
Zwei Zahlen – 40
Elterngespräch – 42
Die Vergessliche – 44
Die Liebesreise – 46
Scheiße – 48
Schule für Große:
   Mensch und Tier – 49
Ein Brief für Christian – 55
Später Samstagnachmittag – 59
Gebäudekomplex – 62

Milder Herbst – 63
Wegsein – 66
Das Farbenglück – 69
Der Mann mit den süßen Öhrchen – 71
Schule für Große:
   Emotional Diskutieren – 74
Seltene Freude – 77
Das Bild – 78
Phantasie und Realität – 81
Das erste Mal – 83
Das Pferd – 85
Die Pappel – 87
Der Gefangene – 89
Endlich Sonne – 91
Schule für Große:
   Problemkunde – 93
Seltene Spiele – 95
Der Geldsegen – 96
Abwechslung – 99
Wie es aussieht – 100
In Asien – 102
Der Hit – 104
Fernweh – 106
Natur und Kunst – 107
Das Fahrrad und die Sonne – 109
Der Zettel – 110
Die gute Zeit – 113
Drei Leute – 115

Ein Hund – 118
Schule für Große:
  Ethik-Man – 121
Das Nichts am City-
  Tümpel – 123
Das kathedralische
  Gefühl – 125
Wechseljahre – 127
Die neue Freundin – 129
Hüttenzauber – 131
Schule für Große:
  Kunst – 136
Licht und Liebe – 139
In der Wildnis – 141
Mensch und Natur – 143
Der Schlichter – 145
Betty und Steve – 147
Pech – 149
Am Meer – 152
Rachelust & Heilung – 153
Rotkäppchen – 156
Schule für Große:
  Folge 401 – 159
Die Krise – 162
Schönheit und
  Freude – 164

Pfeifen und Rauchen – 166
Stallball – 168
Umsonst – 172
Erwachsen – 173
Die frohe Botschaft – 174
Das Lachen in der Nacht
  oder: Die Hochzeit – 176
Stille Nacht – 178
Weiter – 181
Schule für Große:
  Nach Karneval – 182
Der Uferdialog – 186
Geduld und Gier und
  Dirigieren – 187
Vor der Arbeit – 189
Das Gespräch mit dem
  Zebra – 192
Unheimlich glück-
  lich – 196
Nocturne – 198
Frieden – 199
Erste Hilfe – 202
Schule für Große:
  Lebenskunde im
  Juli – 204
Finale – 207

In der Natur

Eine kleine Gurkenwalherde hatte die Orientierung völlig verloren und sich in einen Baggersee verirrt.

Haut ab, ihr Schlampenficker!, rief ein vereinsamter Angler. Ihr vertreibt den Hecht!

Du willst einen Hecht fangen?, fragte die Leitkuh. Wozu denn? Suchst du einen Freund?

Der Angler lachte: Ich will ihn essen, du dumme Kuh! Und jetzt haut ab!

Er schlug mit dem Käscher nach ihr.

Wir suchen den Essigsee, sagte die Leitkuh. Kannst du uns nicht helfen?

Essigsee? Nie gehört, sagte der Angler.

Sucht ihr den Essigsee?, fragte ein Rehkitz, das sich in der Nähe aus Rohrkolben ein Geweih bastelte.

Sag schon, rief der Angler, ich will, dass sie verschwinden!

Er ist ausgetrocknet, sagte das Rehkitz und setzte sich das Rohrkolbengeweih auf. Wie seh ich aus?

Unmöglich!, riefen alle Gurkenwale. Total doof.

Und wie findest du mich, Angler?, fragte das Kitz.

Mir gefällt's, brummte der angegraute Mann. Du hast Talent.

Was ist das? Talent?, fragte das Reh.

Wenn man was kann, sagte der Mann, das ist Talent.

Die Wale lachten. So eine miese Erklärung hab ich ja noch nie gehört, rief die Leitkuh. Wenn man was kann! Dann hast du auch Talent zum Kacken, was?

Die Wale grölten. Das Rehkitz wurde ganz nervös. Die Äuglein blitzten, die zarten Hufe trappelten hyperaggressiv auf dem kieseligen Untergrund, dann krümmte es den Rücken wie eine böse Comic-Katze. Die Zeit stand still.

Als es sich wieder entspannte, trieben die Gurkenwale leblos am Ufer. Der Angler stand von seinem Hocker auf und trat gegen die Köpfe der klobigen Tiere.

Sind sie tot?, fragte er das Rehkitz.

Es war verschwunden. Das Kolbengeweih lag am Boden. Der Angler setzte es sich auf. Es passte. Er ging ans Wasser und betrachtete sein Spiegelbild.

Wenn ich einmal tot bin, dachte er, werden sie glauben, dass mein Leben sehr gewöhnlich war. Aber heute steh ich hier am Wasser wie noch niemand vor mir.

Er nickte heftig. Die Kolben fielen auf das Wasser, die Wale wachten auf.

Was war das denn?, fragte die Leitkuh.

Der Angler packte seine Sachen und rief vom Auto aus: Danke für die schöne Zeit!

Märzgeflüster

Als es Frühling wurde, überfiel mich eine große Heiterkeit. Ich war so fröhlich, dass ich Gott bat, mir ein gelbes Auto zu schenken.

Du musst fleißig arbeiten, sagte Gott. Dann kannst du dir bald ein Auto kaufen.

Aber dann wird nicht mehr Frühling sein, sagte ich. Und ob das Auto dann gelb sein wird? Wohl eher schwarz oder silber, wie die meisten Autos hier. Denn so heiter wie heute bin ich nicht alle Tage, um ehrlich zu sein, so bin ich nur ganz selten.

Selber schuld, sagte Gott. Es ist für alles gesorgt. Du musst die Möglichkeiten nur nutzen.

Ach, sagte ich. Hör auf! Ich kann dein Gefasel nicht mehr hören. Die Menschheit ist in einem elenden Zustand. Du hast was falsch gemacht!

Alle Geschöpfe sind zufrieden, sagte Gott, nur ihr Menschen meckert rum. Ich habe mir große Mühe mit euch gegeben, aber viele wollen nicht begreifen, dass Leben Kämpfen heißt. Sie sind träge.

Viele können es gar nicht begreifen, erwiderte ich. Sie sind zu doof oder zu sanftmütig. Denen hättest du mehr von was-auch-immer mitgeben müssen.

Undankbarer!, sagte Gott.

Er grollte.

Du bist dumm und sanftmütig und dennoch hast du eine Frau gefunden, die dich liebt. Du hast dich fortgepflanzt, was willst du denn noch?

Aber die anderen!, sagte ich. All die Unglücklichen!

Denk einfach mal an dich, sagte Gott. Liebst du dich überhaupt?

Nein, sagte ich, warum sollte ich?

Aus Nächstenliebe, sagte er. Jeder ist sich selbst der Nächste!

Ich war von dieser Interpretation von Nächstenliebe überrascht und sagte: Liebe ist ein großes Wort.

Ein großes Gefühl, sagte Gott.

Ein großer Gedanke, sagte ich.

Eine große Sauerei, sagte Gott.

Eine große Geschichte, sagte ich.

Falsch, sagte Gott, um Sauerei zu steigern, hättest du »eine riesengroße Scheiße« sagen müssen.

Eine riesengroße Scheiße, sagte ich.

Planetenkotze!, rief Gott.

Und ich rief: Sonnenkotze!

Siehst du?, sagte Gott. Geht doch!

Auf einem Tisch

Eine feste Kiwi und eine dunkelblonde Wimper streiten sich über das Wesen der Welt. Die Kiwi findet die Welt lustig und sehr erfüllend: Immer, wenn mich etwas berührt, könnte ich platzen vor Glück!

Wart's ab, meint die Wimper. Spätestens wenn sie dir mit dem Schälmesser auf die Pelle rücken, wirst du dich sehr anders fühlen! Und wenn sie dich gegessen haben, wirst du völlig auseinandergenommen und was von dir übrigbleibt, kann Gottseidank nicht vor Glück platzen.

Wer will mich essen?, fragt die Kiwi.

Menschen, sagt die Wimper. Große Wesen aus Fleisch und Blut!

Meinst du Koteletts?, fragt die Kiwi.

Du bist so doof! ruft die Wimper. Aber mit mir willst du über so etwas Wichtiges wie das Wesen der Welt diskutieren! Du solltest bescheidener sein! Also, pass auf: Menschen sind keine Koteletts, sie essen Koteletts, manche jedenfalls. Kiwis und Koteletts sind als Nahrung sozusagen Kollegen.

Kollegen, sagt die Kiwi langsam und ausgesprochen liebevoll. Kollegen. Ist das ein Gen?

Nein!, ruft die Wimper, das hat mit Genen nichts zu tun! Die Menschen essen Kiwis und Koteletts und Brot und Wurst und Ei und Reis.

Und Kollegen, sagt die Kiwi.

Die Wimper will weg. Verdammt! Kein Wind, kein Lufthauch! Kann hier mal bitte jemand ein Fenster aufreißen!, ruft sie. Doch es ist Nacht und alles still.

Warum essen uns die Menschen?, fragt die Kiwi.

Menschen müssen essen, erklärt die Wimper, sonst verhungern sie, also, sie sterben und werden zu Staub.

Wie schön!, ruft die Kiwi. Ich möchte auch zu Staub werden!

Kommt noch, sagt die Wimper.

Wie aufregend!, ruft die Kiwi. Ich könnte platzen vor Aufregung!

Bitte nicht, sagt die Wimper. So ganz bist du mir lieber.

Und woher weißt du so viel?, fragt die Kiwi. Oder tust du nur so schlau?

Ich war mal Teil eines Menschen, erzählt die Wimper. Mit meinem Volk beschützte ich ein Auge.

Die Kiwi staunt. Vor wem?

Fäuste, Steine, Raketen, sagt die Wimper. Vögel, Blitze, Meteoriten. Das ganze fliegende Gesocks.

Du bist klein, wendet die Kiwi ein.

Wir waren viele, entgegnet die Wimper. Dann fiel ich aus, jetzt bin ich frei.

Frei!, ruft die Kiwi. Was du für Wörter kennst!

Was heißt denn das schon wieder? Ich bin nicht mehr am Menschen dran, erklärt die Wimper, und du nicht an der Pflanze. Wir sind frei, wir können gehen, wohin wir wollen.

Ich kann nur rollen, sagt die Kiwi. Aber nur wo's schräg ist oder wenn mich jemand schubst. Kannst du dich selbst bewegen?

So gut wie, meint die Wimper. Ich arbeite eng mit der Luft zusammen.

Es wird hell, bemerkt die Kiwi. Ich liebe das.

Das nennt man Tag, sagt die Wimper, das kommt vom Sonnenlicht.

Ich liebe Tags!, ruft die Kiwi.

Das heißt Tage!, schreit die Wimper. Tage!!! Lern endlich Deutsch, du dummes Obst!

Tu ich doch die ganze Zeit, sagt die Kiwi leise. Wie heißt der Himmel jetzt? Die Wimper schweigt.

Ach bitte!, ruft die Kiwi. Nur dieses eine Wort noch!

Morgenrot!, schreit die Wimper. Morgenrot!!!

Menage à trois

Zwei Steinbeißer hatten sich gleichzeitig in eine alte morsche Schiffsplanke verliebt und kämpften um sie. Das Holz hasste Gewalt und bot an, sich mit beiden gleichzeitig zu paaren.

Und dann bekommst du von uns beiden Kinder?, fragten die Fische gleichzeitig.

Vielleicht, sagte das Holz, vielleicht auch nicht.

Da paarten sich die Steinbeißer am einen und am anderen Ende mit dem Holz. Es genoss die Paarung sehr, war aber unfruchtbar.

Immer wieder kamen die Steinbeißer angeschwommen und paarten sich mit dem Holz, bis es ihnen dämmerte, dass es keine Nachkommen geben würde, da waren sie schon alt und schwach.

Warum hast du uns angelogen?, fragten sie das Holz.

Liebt ihr mich oder nicht?, fragte das Holz zurück.

Ja schon, brummten die Steinbeißer. Aber wir hätten uns fortpflanzen sollen!

Nein, sagte das Holz. Eure Instinkte sind im Eimer. Wer sich in morsches Holz verliebt, pflanzt sich nicht fort, das ist nur folgerichtig.

Ach so, sagten die Steinbeißer, und schwammen mit geschlossenen Augen fort.

Schule für Große
Folge 287

In Kunst sollten wir Jesus malen.

Ihr seid doch alle Christen, oder?, fragte Frau Christiansen.

Keiner sagte nein.

Darf ich Wachsmalkreiden nehmen?, fragte Sonja.

Was ihr wollt, sagte Frau Christiansen. Hauptsache, es wird ein gutes Bild.

Alle gaben sich große Mühe. Obwohl viele von der Kirche nicht viel halten, spürte man den Willen, Jesus gerecht zu werden. Ich glaube, alle mögen ihn. In den letzten Stunden vor den Ferien wurde dann über die fertigen Werke gesprochen.

Eugen, fragte Frau Christiansen, warum hast du Jesus am Kreuz gemalt?

Weil das für ihn am typischsten ist, sagte Eugen.

Und warum splitternackt und grellgeschminkt? Bist du homosexuell?

Nein, sagte Eugen. Ich mag Glamour, das ist alles.

Gut, sagte Frau Christiansen, gefällt mir gut! Auch der Hund unten am Kreuz. Ist das Jesus' Hund?

Nein, meiner, sagte Eugen. Er soll Treue über den Tod hinaus symbolisieren.

Aha, sagte Frau Christiansen. Auch gut. Und du, Sonja, warum hat dein Jesus Brüste und einen Stringtanga?

Weil er eine Frau ist, sagte Sonja.

Wie finden die anderen das, fragte Frau Christiansen. Darf man Jesus als Frau malen?

Von mir aus, sagte Peter. Aber der Papst würde bestimmt abkotzen.

Peter, bitte!, ermahnte ihn Frau Christiansen. Drück dich gewählter aus. Hillary?
Der Jesus war ein Mann, das ist verbürgt. Den darf man nicht als Frau darstellen, das ist historisch falsch.
Richtig, sagte Frau Christiansen und sah mein Bild sehr lange an.
Ich hatte es mit Deckfarben angelegt und fand es sehr gelungen. Um nicht zu sagen: extremistisch ausdrucksstark.
Ja, sagte Frau Christiansen, nicht schlecht, ich meine, es hat eine gewisse Wucht. Auch durch die dicke schwarze Brillenfassung. Kann man machen, aber historisch natürlich genauso falsch wie Sonjas Bild. Solche Brillen gab es damals mit Sicherheit nicht. Und dann, ich muss schon sagen, mich erinnert dieses Portrait doch arg an diesen französischen Philosophen, diesen kleinen, hässlichen Kerl, wie hieß er doch?
Meinen Sie Sartre, fragte Udo, den Vater von Jacqueline Bouvier?
Ja, sagte Frau Christiansen. Aber das war nicht der Vater von Jacqueline Bouvier, der späteren Jackie Kennedy und noch späteren Onassis. Du meinst den Lebensgefährten von Simone de Beauvoir, nicht zu verwechseln mit Simon de Bolivar.
Sie lachte.
Manchmal seid ihr aber auch zu doof! Na, wie auch immer. Glaubt ihr, Jesus hätte so großen Erfolg gehabt, wenn er so hässlich wie Jean-Paul Sartre gewesen wäre?
Nein, sagte Dunja, sicher nicht. Zum Erfolg gehört immer eine gewisse Ansehnlichkeit. Ich glaube nicht, dass wir in einem eher hässlichen Mann den Sohn Gottes sehen würden.
Seh ich auch so, meinte Frau Christiansen. Einen hässlichen Erlöser will keiner, der muss schon schön sein.
Ich war schockiert und sackte im Stuhl zusammen.
Sie sah mich an. Ja, ist so!, rief sie. Kann ich auch nicht

ändern, und würde ich auch gar nicht wollen. Dein Bild ist gut. Authentisch, nachhaltig, alles. Aber der Mensch will Schönheit, Schönheit und Wahrhaftigkeit und Heiligkeit und Mut und Klugheit, alles, alles, aber ohne Schönheit kannst du nichts verkaufen.

Ich sackte immer tiefer, ich rutschte vom Stuhl unter den Tisch und leckte vor Abscheu über die Worte der Lehrerin den Boden ab.

Nun schaut euch den Gestörten an!, sagte Frau Christiansen. Nur weil er die Realität nicht erträgt, leckt er den Boden ab!

Sie ging zum Pult und schrieb einen Tadel ins Klassenbuch. Dann schickte sie mich hinaus, um meine Zunge abzuwaschen. Als ich wiederkam, sprachen sie über Udos Bild. Er hatte Jesus als sympathischen Fisch in der Mitte des Ozeans dargestellt, die anderen Fische freundlich und interessiert lauschend drumherum, manche hatten sogar Ohren. Lauschende Fische! Ich lag schon wieder fast am Boden. Sogar die Haie guckten nett, mit nach oben gezogenen Mundwinkeln.

Sehr poetisch, sagte Frau Christiansen. In dir scheint ein kleiner Franz von Assisi zu stecken, was?

Udo von Assisi, flüsterte ich Dunja ins Ohr.

Sag es uns allen, sagte Frau Christiansen, los!

Oh, sagte ich, nichts Besonderes!

Bitte, sagte sie, es interessiert uns.

Na gut, ich sagte: Der heilige Franziskus und Dschingis Khan waren Zeitgenossen. Stellen Sie sich vor, es hätte damals schon das Fernsehen gegeben, und die beiden zusammen in einer Talkshow!

Unsinn, sagte Frau Christiansen, du redest nur Unsinn! Ich müsste dich schon wieder tadeln.

Der Papst und sagen wir mal Präsident Obama würden heutzutage auch nicht zusammen in einer Talkshow auftreten. Die müssen ihre Bücher dort gar nicht bewerben. Und Dschingis Khan konnte nicht mal schreiben.

Frau Christiansen, sagte ich. Sie machen auch Fehler. Obama und Dschingis Khan sind doch total verschiedene Typen.

Wir schweifen ab, rief die Lehrerin. Schnell! Wir haben noch zwei Minuten. Schaut euch das Bild von Dunja an.

Sie hielt es hoch.

Gut, murmelten alle.

Und die Stirnbandmessage?

Peace, sagte Eugen, kann ja nicht verkehrt sein.

Kitschig, sagte Frau Christiansen. Das ist ein Hippie, nicht Jesus!

Dunja schossen Tränen in die Augen.

Warum malen Sie nicht mal ein Bild von Jesus? fragte Peter.

Das mach ich, rief die Lehrerin, das mach ich!

Dann nahm sie ihre Handtasche vom Pult und ging mit ausgestreckten Armen hinaus. Das macht sie oft und das soll heißen: Ihr kreuzigt mich durch eure Existenz. Hat sie uns mal verraten, als sie beim Schulfest vom Prosecco angeschickert war. Jetzt sind wir schon gespannt.

In der Krise

Zwei Bratwürste standen an einem herrlichen Frühlingstag auf und wollten sich über die große Wirtschaftskrise unterhalten. Es ging nicht.

Es geht nicht, sagte die eine. Sie hieß Lisa P. Wir sind beide viel zu dumm, um auch nur ansatzweise zu verstehen, was da passiert.

Aber alle reden über die Krise, entgegnete die andere Bratwurst. Sie hieß Marco C. Glaubst du, die sind alle viel intelligenter als wir?

Hat schon mal eine Bratwurst den Nobelpreis bekommen?, fragte Lisa zurück. War eine Bratwurst schon mal Fußballbundestrainer oder Ingenieur?

Nein, sagte Marco. So gesehen hast du Recht. Aber die Menschen sind auch Spinner, findest du nicht? Sie glauben an so was wie Gott und Derivate. Und ewiges Leben, das ist doch völlig gaga.

Ja, sagte Lisa. Sie sind nicht so realistisch wie wir Bratwürste. Das macht sie anfälliger für Krisen. Wir wissen, dass wir auf der Welt sind, um gegessen zu werden. Punktum. Das ist für uns in Ordnung, aber die Menschen haben viel mehr Energie als wir, die treibt die tollsten Blüten. Sie haben Sex und spielen Golf und Musik.

Sex, fragte Marco, was ist das denn?

Sex ist immer vor Sieben, sagte Lisa. Und manchmal stöhnen sie dabei. Klingt gar nicht gut.

Und Golf?

Auch seltsam, sagte Lisa. Dafür brauchen sie Schläger.

Oha!, rief Marco. Sind Schläger nicht ganz üble Typen?

Ja, sagte Lisa. Sie schlagen kleine, weiße, niedliche Bälle. Die fliegen schreiend durch die Luft und verstecken sich in Löchern. Aber die Menschen finden sie und schlagen sie immer wieder.

Und Musik?, fragte Marco. Ist das noch schlimmer als Sex und Golf?

Geht so, sagte Lisa. Manchmal schon. Aber dafür braucht man Ohren.

Kenn ich, sagte Marco. Sieht scheiße aus. Stell dir vor, wir hätten Ohren!

Nein, sagte Lisa, das stell ich mir nicht vor. Ich möchte Schönheit, Schönheit und Perfektion. Und du möchtest das auch, wir sind so. Perfekt und schön. Die Menschen sind anders. Sie haben keinen Wert an sich. Hast du schon mal einen nackt gesehen?

Nein, sagte Marco, womit denn?

Augen, sagte Lisa. Menschen und Tiere und Würfel haben Augen. Ein Regenwurm hat mir mal erzählt, wie Menschen aussehen. Sie haben Ausstülpungen und Extremitäten, unten, oben, vorne, hinten.

Voll eklig, sagte Marco. Kein Wunder, dass sie keinen Wert an sich haben.

Ja, sagte Lisa. Und weil sie keinen Wert haben, müssen sie Werte schaffen, um sich gut zu fühlen.

Gut fühlen, fragte Marco, was ist das denn?

Verstehst du nicht, beschied ihm Lisa. Wir Bratwürste haben keine Gefühle. Gefühle machen Menschen laut oder leise, je nachdem.

Schon kompliziert, diese Menschen, meinte Marco. Und sie können wirklich Werte schaffen?

Na, schau dich an!, rief Lisa. Oder mich! Sie haben uns gemacht.

Machen?, sagte Marco langsam. Menschen können machen?

Ja, sagte Lisa, deshalb heißen manche auch Machos.

Marco staunte: Was du alles weißt!

Lisa legte sich hin.

Ich bin müde.

Und die Krise?, fragte Marco. Hat die auch mit diesem Machen zu tun?

Natürlich, sagte Lisa. Menschen machen uns, Menschen machen Geld, Menschen machen Menschen, Menschen machen Krisen und Werte und Worte. Leg dich bitte hinter mich, ich schlaf nicht gern allein.

Marco schmiegte sich an sie.

Weißt du, wie die Menschen das nennen?, fragte Lisa.

Liebe, sagte Marco stolz.

Nein, sagte Lisa, Löffelchen-Stellung.

Das Attentat

Der Sommer war wieder da und Prinzessin Trudi spielte mit ihrem Lieblingsfrosch im Sonnenschein.

Trudi, sagt der Frosch. Meine Zunge ist ganz trocken, mach uns noch ein Bierchen auf.

Nein!, rief die Prinzessin. Du bist schon betrunken!

Und wenn schon! rief der Frosch. Betrunkener ist noch schöner! Was hast du denn?

Ach, seufzte die Prinzessin. Mein Leben ist so langweilig!

Weil du nichts kannst, sagte der Frosch. Wenn du etwas könntest, würdest du nicht so langweilig sein.

Du findest mich langweilig?, rief die Prinzessin. Du findest mich langweilig, obwohl ich Klavier und Geige spiele und Gedichte schreibe?

Du bist musisch völlig unbegabt, sagte der Frosch. Mit deinen klobigen Pfoten solltest du Steinmetzin werden.

Da trat die Prinzessin mit schmerzverzerrtem Gesicht auf ihren Lieblingsfrosch. Er sagte Quak und starb.

Da kam ihr zweiter Lieblingsfrosch angehüpft und kritisierte Trudi: Immer müssen wir Frösche unter deinen impulsiven Reaktionen leiden!

Er hat nicht gelitten, entgegnete Trudi und warf den Frosch an die Wand. Er durchschlug die Mauer und noch eine und noch eine und noch eine und traf die Königin mitten ins Herz. Sie war auf der Stelle tot. Kugelfrosch tötet Königin, stand tags darauf in allen Zeitungen und alle fragten sich, wie es den Gegnern der Monarchie gelungen war, so gefährliche Frösche zu züchten.

Nora und der Teufelsaustreiber

Ein Teufelsaustreiber hatte bei Nora geklingelt und sich als der Teufelsaustreiber Peter Lustig vorgestellt.

Das wüsst ich aber!, rief Nora empört, wenn Peter Lustig jetzt Teufelsaustreiber wäre!

Ich bin nicht Peter Lustig, sagte der Teufelsaustreiber. Ich heiße genauso, aber ich bin ein ganz anderer.

Das seh' ich, sagte Nora und blickte dem kleinen, sehr dicken Mann direkt in die Augen. Sie waren strahlend blau und hatten sowas Frisches, dass es Nora fast den Atem nahm.

Haben Sie Probleme mit dem Teufel?, fragte der Mann.

Mit dem Teufel?, fragte Nora. Nee. Aber wenn Sie wollen, können Sie für 5 Euro meinen Rasen mähen.

Ok, sagte der Mann. Wo steht der Mäher?

Ich hab keinen, sagt Nora.

Und womit soll ich den Rasen mähen?, fragte der Dicke.

Mit einem Nagelscherchen, sagte Nora.

Was denn?, rief der Mann. Soll ich etwa jeden Halm einzeln abschneiden? Es war von Mähen die Rede.

Na, wenn Sie kein Geld brauchen, sagte Nora und wollte die Tür schließen.

Nein, rief der Dicke, nun neugierig geworden. Ich mach's. Wo ist der Rasen?

Kommen Sie, sagte Nora und führte den Teufelsaustreiber in ihr Schlafzimmer. Dort stand ein Bett, das aussah wie ein Fußballplatz, ein Bett mit echtem Rasen.

Jeder Halm soll exakt 2 cm lang sein, sagte Nora und gab dem Dicken ein Nagelscherchen und ein Lineal.

Schlafen Sie auf dem Rasen? fragte der Dicke.

Ja, sagte Nora. Glauben Sie vielleicht, ich spiele in meinem Schlafzimmer Fußball?

Der Teufelsaustreiber ging an die Arbeit und gegen Abend war er fertig. Er suchte Nora und fand sie in der Küche.

Wollen Sie auch einen Milchkaffee?

Gerne, sagte der Teufelsaustreiber. Ich bin fertig.

Oh!, rief Nora. Das ging aber schnell.

Ich bin fleißig, sagte der Mann. Und ich mache gern tüchtig voran. Lahmärsche hasse ich.

Geht mir auch so, sagte Nora.

Sie schlafen also auf dem Rasen, sagte der Dicke.

Nora nickte. Ich bin totaler Fußballfan, wissen Sie. Aber nicht von einem bestimmten Verein, von Fußball überhaupt.

Schön, sagte der Dicke, wenn man sich für Sport begeistern kann. Aber fehlt Ihnen denn nicht das Publikum?

Beim Schlafen?, fragte Nora.

Ja, sagte der Dicke. Gehört doch irgendwie dazu.

Nora sah ihn kritisch an. Na, Sie sind mir ja einer. Vor Publikum schlafen! So was würde mir nie einfallen. Ist doch viel zu laut. Und dann die Hooligans. Also Sie sind echt verrückt.

Und wie decken Sie sich zu?, fragte der Dicke. Mit einer Flagge?

Gar nicht, erklärte Nora. Ich schlafe nackt. In mir ist so viel Wärme, ich brauche keine Decke. Und ein Ohr muss auf dem Elfmeterpunkt liegen, sonst kann ich nicht einschlafen.

Sie stellte den Milchkaffee auf den Tisch.

Und sonst?, fragte der Dicke. Was machen Sie beruflich?

Früher, sagte Nora, war ich Rechtsanwaltsgehilfin, dann hab ich in der Lotterie gewonnen. Sofortrente. Seitdem beschäftige ich mich hauptsächlich mit Hitparadenstatistiken der 70er, 80er und 90er Jahre.

Lecker, der Milchkaffee, sagte Peter Lustig. Er stand auf und legte sein Kärtchen auf den Tisch.

Rufen Sie mich an, wenn's der Rasen wieder braucht.

Nein, sagte Nora. Sie wollen ja nur mein Geld. Sie gab ihm die 5€.

Danke, sagte der Dicke und boxte Nora zärtlich in den Bauch.

Oh Gott!, rief sie. Jetzt bin ich von Ihrer Faust schwanger!

Ja, sagte der Dicke. In zwei Jahren werden Sie eine kleine, lustige Faust bekommen und wo die hinschlägt, wächst kein Gras mehr.

Was reden Sie denn?, rief Nora. Wollen Sie mir Angst machen?

Nein, nein, sagte der Dicke. Ich wollte witzig sein.

Nein, sagte Nora. Sie wollten mir zum Abschied wenigstens verbal eine reinhauen, weil Sie neidisch sind.

Auf was denn?, fragte der Teufelsaustreiber.

Auf meine kleine, heile Welt!, rief Nora und schloss die Tür mit ganz viel Feingefühl.

Die Pandaschau

Siebzig Pandabären kamen ungeordnet die Straße entlangmarschiert und blieben vor der alten Mühle stehen. Alle zusammen riefen sie: Heh, Müller! Bring uns Mehl!

Der alte Müller, der die alte Mühle nur noch aus Nostalgie in Schuss hielt, war so taub wie Beethoven zum Schluss. Er verbrachte die meiste Zeit im Internet. Eine Nachbarin jedoch hatte die Pandas rufen gehört und hängte sich aus dem Fenster.

Der Müller kann euch nicht hören!, rief sie. Wenn ihr was von ihm wollt, müsst ihr ihm mailen!

Wie?, riefen die Pandas. Wir sollen dem Müller mailen, dass er uns Mehl bringen soll? Döfer geht's wohl nicht!

Sie polterten mit ihren weichen Tatzen gegen die Mühlentür und brüllten sich die Seelen aus dem Leib. Keine Reaktion.

Na, rief die Nachbarin. Was hab ich euch gesagt?

Die Pandas sahen sich an. Einer sagte: Dann hören wir eben auf die Alte.

Die anderen brummten Zustimmung. Hast du die Mailadresse vom Müller?, fragten sie die Frau.

AlterMüller@web.de, rief sie.

Ein Panda rief einen Freund zuhause an und bat ihn, dem Müller zu mailen. Zwei Stunden später kam der alte Müller mit einem Mehlsack raus und die Pandas puderten sich mit dem Mehl die schwarzen Flecken weg. Dann stellten sie sich nebeneinander auf und einer von ihnen machte Fotos.

Macht ihr das aus Langeweile?, fragte die Nachbarin, die sich das Schauspiel aus der Nähe angeschaut hatte.

Was ist das denn?, fragten die Pandas.

Ihr wisst nicht, was Langeweile ist?, staunte die Frau.

Die Pandas schüttelten sehr vorsichtig die Köpfe. Sie bedankten sich beim alten Müller, indem sie ihm ganz vorsichtig die Hand schüttelten.

Als der Mann der Nachbarin von der Arbeit nach Hause kam, erzählte sie ihm die Geschichte.

Stell dir das mal vor: Der alte Müller hat siebzig Pandas die Tatzen geschüttelt und zwar so behutsam, dass sie ganz weiß geblieben sind. Das hättest du mal sehen sollen! Da hast du was verpasst!

Hab ich eben was verpasst, erwiderte der Mann verärgert. Einer muss das Geld verdienen.

Ehrliche Arbeit

Ein paar Ameisen hatten ihr Erspartes zusammengeschmissen und sich davon ein Stück Gartenschlauch gekauft, nur Schlauch pur, kein Anschlussstück, kein regulierbares Spritzteil, nichts weiter. Nun verbrachten sie ihre gesamte Freizeit in und auf dem Schlauch, nie hatten sie so viel Freude.

Dürfen wir auch mal?, fragten andere.

Ja ok, sagten die Ameisen. Aber nur 5 Minuten.

Auch den anderen Ameisen gefiel der Gartenschlauch und als die Zeit rum war, wollten sie noch länger bleiben.

Nein, sagten die Besitzerameisen. Wir brauchen den ganzen Schlauch, ihr stört. Schmeißt doch auch euer ganzes Erspartes zusammen und kauft euch euer eigenes Stück.

Wir würden uns nie einen Gartenschlauch kaufen, erwiderten die anderen.

Was denn dann?, fragten die einen.

Einen fetten roten Ferrari!, riefen die anderen und schmissen ihr Erspartes zusammen. Sie holten sich einen fetten roten Ferrari und parkten ihn direkt neben dem dunkelgrünen Gartenschlauch. Da kam ein junger Mann mit seinem kleinen Hund vorbei. Der Hund schnupperte an einem Reifen, leckte auch daran.

Hey!, riefen die Ameisen. Das ist kein Leckauto!

Entschuldigt bitte!, rief der Mann. Mein Hund fährt total auf Reifen ab.

Schon gut!, riefen die Ameisen.

Womit habt ihr so viel verdient, fragte der junge Mann, dass ihr euch so ein Auto leisten könnt?

Mit Arbeit, sagten die Ameisen. Wir können ja nichts anderes.

Ist doch ok, sagte der Mann im Weitergehen. Für ehrliche Arbeit muss sich niemand schämen.

Er bog mit seinem Hündchen um die Ecke und die Ameisen spielten im Ferrari weiter Verstecken.

Schule für Große

Lebenskunde Anfang November

Wir hatten in Lebenskunde über St. Martin gesprochen und auf Schülerseite war die Meinung vorherrschend, dass es mit einem Stück Mantel nicht getan sein könnte.

Er hätte dem Bettler mindestens noch ein paar Goldstücke zustecken müssen, sagte Barbara. Als Heiliger muss man großzügig sein, da geht nicht Geiz ist geil.

Der Lehrer schüttelte den Kopf.

Ihr müsstet die Geschichte historisch richtig einordnen. Das war doch finsterstes Mittelalter, da war das Leben eines armen Teufels gar nichts wert. Kennt ihr denn nicht die germanischen Sagen, die nordischen Heldenepen? Da wurden Menschen abgeschlachtet wie heutzutage die Schweine und die Hühner.

Und die Puten!, rief Jens dazwischen.

Exakt, sagte der Lehrer. Da galt das Recht des Stärkeren und sonst gar nichts. Und Martin war Soldat, vergesst das bitte nicht. Ihr habt doch noch die Bilder dieser deutschen Soldaten in Afghanistan vor Augen, die neulich für Empörung sorgten. Und die Soldaten damals waren noch viel härter drauf, oder glaubt ihr, die hätten mit Holzschwertern gekämpft?

Das verstehe ich nicht, sagte Lola. Wie kann denn ein Heiliger Soldat sein?

Gute Frage!, rief der Lehrer. Hat jemand eine Antwort?

Ich meldete mich und sagte, dass im Prinzip jede Berufsgruppe Heilige stellen könne, bis auf die Zuhälter vielleicht.

Der Lehrer sagte: Ja, schon. Doch das hilft uns nicht weiter. Wir überlegten.

Ich hab's!, rief Heiko. Der wurde erst in dem Moment zum Heiligen, als er den Mantel teilte, oder?

Exakt!, rief der Lehrer. Das war die Wende! Vorher war Martin ein ganz normaler römischer Offizier, für den so ein Bettler ein atmendes Stück Dreck darstellte. Und plötzlich sieht er in ihm den leidenden Mitmenschen und hilft. Das ist der Punkt. Sehr gut, Heiko!

Wir alle sahen Heiko an. Er lächelte.

Bist du jetzt stolz?, fragte Linda.

Was soll das, Linda?, rief der Lehrer. Selbst beteiligst du dich kaum am Unterricht. Nimm dir an Heiko ruhig ein Beispiel. Wenn ihr alle so konzentriert mitarbeiten würdet, hättet ihr vom Leben schon viel mehr kapiert.

Ich will das nicht kapieren, sagte Linda kühl und ruhig. Was soll denn daran toll sein, wenn ein Bedürftiger von einem Besatzer einen halben Umhang kriegt? Da hat der Staat doch wohl voll versagt, wenn jemand halbnackt im Schnee rumsitzen muss.

Du hast Recht, sagte der Lehrer. Die Römer hatten kein funktionierendes Sozialsystem. Aber das können wir ihnen nicht vorwerfen, weil so etwas noch gar nicht erfunden war. Es gab weder Hartz IV noch Sozialhilfe. Das hieß damals Almosen und lief auf Spendenbasis.

Almosen?, fragte Lennart. Was ist das denn für ein komisches Wort? Hat das was mit Moos zu tun?

Wird mit nur einem O geschrieben, sagte der Lehrer. Das kommt aus dem Griechischen und bedeutet so viel wie Erbarmen.

Na, passt doch!, rief Linda. Ist ja auch erbärmlich, was es bei uns an Sozialhilfe gibt!

Linda!, rief der Lehrer. Sei nicht ungerecht. Unser System ist eins der besten der Welt und es ist nicht unsere Schuld, wenn viele der Bedürftigen ihr Geld für Unterhaltungselektronik, Telefone, Tabak und Drogen ausgeben, anstatt ihren Kindern dafür gesundes Essen zu kaufen.

Die haben wenigstens noch Kinder!, rief Jens. Die anderen sind nicht so doof.

Jens, bitte!, rief der Lehrer. Das ist ja unerträglich. Du weißt ja gar nicht, wie dumm diese Bemerkung war. Es sind doch nicht nur sozial schwache und geistig benachteiligte Leute, die Kinder bekommen. Unsere Verteidigungsministerin z.B., das weiß doch jeder, die ist achtfache Mutter.

Sieben!, riefen alle.

Ich wollte nur testen, sagte der Lehrer, ob ihr euch überhaupt für Politik interessiert. Bravo! Also Jens, das war nichts. Wenn du selbst Kinder hättest, wüsstest du, wie viel Freude sie machen. Du siehst das viel zu negativ. Du müsstest dich generell mal fragen, ob du das Leben liebst oder ob du mehr darunter leidest. Und wenn du mehr darunter leidest, dann solltest du dich der Frage stellen, ob du mehr an anderen leidest oder an dir selbst. Und wenn ...

Da ging die Pausenklingel. Wir standen auf.

Stellt euch alle diese Fragen!, rief der Lehrer. Das ist die Hausaufgabe.

Urmode

Vor vielen, vielen, gefühlten hunderttausend Jahren saß ein Baumstamm im Wald auf einer glitschigen bemoosten Bank und trank Jägermeister aus der Flasche.

Lass mich mal kosten, bat ein junger Säbelzahntiger.

Nein, sagte der Baumstamm. Davon wird dir schlecht.

Ach, bitte, sagte der Tiger. Das sagst du doch nur, um mich abzuwimmeln. Ich weiß, dass dieses Zeug happy und unbesiegbar macht.

Ha!, lachte der Baumstamm. Wer hat dir denn den Quatsch erzählt?

Da entriss der Tiger dem Baumstamm die Flasche und trank sie mit gierigen Zügen leer. Er brüllte fürchterlich und schrie: Jetzt schnapp ich mir das Einhorn mit den prallsten Oberschenkeln.

Siehst du!, rief der Baumstamm. Jetzt bist du übermütig geworden!

So gefall ich mir am besten! rief der junge Tiger und schlich theatralisch los. Bevor er die Einhornherde zu Gesicht bekam, hatte diese bereits seine Fahne gerochen und war auf die steilste Anhöhe gesprungen, die der betrunkene Tiger nicht meistern konnte. Immer wieder kullerte er ins Tal und blieb schlussendlich ausgepowert liegen. Das Einhorn mit der längsten Zunge sagte: Für heute sind wir sicher. Und morgen hat er einen dicken Kopf. Aber übermorgen wird er es wieder versuchen. Und ich weiß, auf wen er es abgesehen hat.

Du meinst mich, nicht wahr?, sagte das Einhorn mit den prallsten Oberschenkeln.

Ja, sagte das Einhorn mit der längsten Zunge. Ich schlage vor, du wartest, bis er schnarcht. Dann gehst du runter und erledigst ihn.

Er ist so ein schönes Tier, sagte das Einhorn mit den prallsten Oberschenkeln.

Du bist auch ein schönes Tier, sagte das Einhorn mit den kleinsten, gemeinsten Augen. Worauf wartest du? Er schnarcht.

Da stieg das Einhorn mit den prallsten Oberschenkeln hinunter ins Tal und stach dem Säbelzahntiger seine tödliche Waffe ins Herz.

Am nächsten Tag kam der Baumstamm auf dem Weg zur Arbeit am toten Tiger vorbei. Er zog ihm das Fell ab und hängte es sich über. Die Kollegen nickten beeindruckt, als sie ihn so kommen sahen, und sein Lieblingskollege fragte: Wo kriegst du bloß immer die geilen Klamotten her?

Gänse

Ein deutscher Gewichtheber, der seine Karriere wegen Magersucht hatte beenden müssen, wachte eines Morgens mit zwei Gänsen an den Füßen auf.
Ach du Scheiße!, rief er aus. Wo kommt ihr denn her?
Die Gänse verstanden ihn nicht, aber sie fragten auf polnisch: Kannst du uns bitte losbinden, wir verpassen sonst den Zug nach Rio de Janeiro.
Ah, Rio de Janeiro!, rief der Gewichtheber. Ihr wollt mich wohl veräppeln.
Er wollte den Gänsen die Hälse verknoten, aber die Tiere waren stärker als er. Er konnte es nicht schaffen. Da rief er seine Freundin an. Sie kam und band die Tiere los. Sie sprangen vom Bett und tanzten Samba.
Sind doch ganz nett, die beiden, sagte seine Freundin. Warum hast du sie nicht einfach losgebunden?
Ich kam nicht drauf, sagte der Mann. Das musst du mir glauben.
Ja, gut, sagte die Freundin gelangweilt und tanzte mit den Gänsen. Sie wurden immer ausgelassener.
Los, tanz mit uns!, rief die Freundin.
Ich kann keinen Samba!, rief der ehemalige Gewichtheber und ging in die Küche. Er schnitt Blutwurst in die Pfanne, briet sie schön knusprig, hatte dann aber doch keine Lust auf sie. Er tat die Blutwurst auf einen Teller und ging zurück ins Schlafzimmer.
Hey!, rief er. Will von euch jemand Blutwurst?
Seine Freundin winkte ab: Samba tanzen und Blutwurst essen? Bist du verrückt?
Die Gänse aber sahen interessiert zu ihm hinüber. Er warf den Gänsen die Scheiben einzeln zu. Sie fingen sie mit dem Schnabel aus der Luft und als sie alle waren,

steckten sie die Köpfe zusammen und schnatterten sich was zu. Übersetzt hieß es in etwa: Komm, wir bleiben hier. Es gibt Samba und Blutwurst, was will man mehr?
Sie fragten die Frau: Can we stay? We like your way of life.
Bruno!, rief die Freundin. Die Gänse würden gerne bleiben, geht das?
Haben sie denn kein Zuhause?, fragte Bruno.
Die Freundin übersetzte.
No, sagten die Gänse. No home. We are homeless geese from Eastern Europe.
Die Freundin übersetzte.
Na gut, sagte Bruno.
Also blieben sie und es dauerte keine Woche, da hatte er was mit ihnen. Die Freundin kriegte es heraus und stellte ihn vor die Wahl: Die Gänse oder ich. Also inserierte Bruno: Gänse günstig abzugeben.
Ein junger Mann erschien und fragte: Sind die auch belastbar?
Wie, meinte Bruno.
Nervlich, sagte der Mann. Bei mir läuft ständig Musik und dazu singe ich laut mit.
Das macht denen nichts!, sagte Bruno.
Er bekam 30 Euro für die beiden Gänse, weg waren sie. Bei ihrem neuen Besitzer durften die Gänse den ganzen Tag fernsehen und Sudokus lösen, bis eines Tages ein falscher Zeuge Jehovas auftauchte. Die Gänse waren allein zu Hause. Sie öffneten die Tür und der fette Zeuge stopfte sie in seinen Trolley. Er ging in den nächstbesten Park und drohte den lärmenden Gänsen mit dem Schlimmsten:
Wenn ihr nicht still seid, schmeiß ich mich auf euch!
Die Gänse lärmten weiter und der falsche Zeuge warf sich zwei Mal auf den Trolley. Zwei Tage später, am Weihnachtstag 2004, verputzte er mit seiner Schwester die beiden Gänse und am Abend säuberten sie die Kno-

chen mit einem Spezial-Gänsefleischentferner. Dann bastelten sie aus den Knochen eine Art Pullover. Die Schwester zog ihn an.

Steht dir gut, sagte der falsche Zeuge, aber du musst was drunterziehn. Vor deiner hellen Haut heben sich die hellen Knochen so gut wie gar nicht ab.

Erst wollte die Schwester es nicht einsehen. Sie stellte sich vor einen Spiegel.

Du hast Recht, Mäuschen!, rief sie. Ich seh ja aus wie nackt!

Sie zog ein schwarzes T-Shirt ihres Bruders unter den Knochenpulli.

Total avantgardistisch!, sagte der Bruder. Stell dich mal vor den Weihnachtsbaum.

Er machte ein Foto von ihr.

Du schaffst es immer wieder, deine Individualität zu betonen, sagte er anerkennend. Da hast du echt Talent.

Die Schwester holte einen Kopfsalat aus dem Kühlschrank und warf die Blätter auf den Tannenbaum.

Was machst du denn jetzt?, rief der falsche Zeuge.

Mischwald, sagte die Schwester.

Der netteste Mensch der Welt

Schwuli sah so abgerissen aus, dass der Gebrauchtwagenhändler gar nicht mit ihm sprechen wollte. Er machte nur sehr schnelle Geh-weg-Gesten mit den Fingern einer Hand. Da nannte Schwuli ihn einen furzenden Schmetterling. Der Gebrauchtwagenhändler war von diesem Ausdruck angewidert und wünschte Schwuli einen Schlaganfall.

Dann lege ich mein Geld eben woanders an!, rief Schwuli und ging.

Er sog die betörenden Fliederdüfte gierig ein und wurde von einem dunkelblauen Kinderhandschuh, der in einem Gartenzaun steckte, angesprochen: Hey, Schwuli! Zeig mir die Welt!

Heute nicht, sagte Schwuli. Ich muss noch meine Oma kreuzigen.

Der Kinderhandschuh musste schlucken.

Das musst du jetzt nicht wirklich, oder?

Mann!, brüllte Schwuli. Du kennst mich doch. Ich bin der netteste Mensch der Welt.

Wieso heißt du eigentlich Schwuli?, fragte der Handschuh. Du bist doch gar nicht homosexuell.

Weil ich so nett bin, sagte Schwuli. Wenn du nett bist, nennen sie dich Schwuli oder Arschloch oder Opfer oder Penner, weißt du doch.

Ich bin auch nett, sagte der Handschuh, aber zu mir sagen alle nur Handschuh.

Korrekt, sagte Schwuli. Und warum hängst du hier ab?

Verloren worden, sagte der Handschuh. Jemand hat mich hier reingesteckt, damit ich gut zu sehen bin.

Nett, sagte Schwuli.

Mit wem reden Sie denn?, fragte eine Frau von 48.

Mit dem Handschuh, sagte Schwuli. Er sprach mich an.

Schade, dass sie einen an der Waffel haben, sagte die Frau. Sie sehn so schlecht gar nicht aus.

Er ist auch nett!, rief der Kinderhandschuh. Seine Kleider sind dreckig, aber sein Penis ist sauber und die Hände auch.

Zeigen Sie mal, sagte die Frau.

Schwuli hielt die Hände hin. Da spuckte die Frau ganz schnell drauf und rannte weg.

So eine Gestörte!, rief der Kinderhandschuh.

Ach, sagte Schwuli, sag nicht so krasse Sachen. Frauen in den Wechseljahren haben oft solche Hitzewallungen. Dann halten sie die Welt nicht aus und machen Sachen, die sie kurze Zeit später sehr bereuen.

Da kam die Frau zurück. Sie wischte mit einem Tempo Schwulis Hände ab und sagte: Tut mir leid. Ich habe manchmal so eine universelle Wut auf alle Idioten.

Schon gut, sagte Schwuli. Und die Wechseljahre?

Bis jetzt habe ich meine Periode noch immer regelmäßig, sagte die Frau. Also, ich muss weiter. Tschüss.

Die war auch nett, sagte der Kinderhandschuh.

Ja, sagte Schwuli. Nette Menschen erkennen einander, das ist das Schöne am Leben.

Unterirdisch

Einen halben Meter unter der Erdkruste hatten einige Erdgeister aus Mundharmonikaresten eine Bar gebaut und sie nach dem großen Komponisten »Morricone« getauft. Nun saßen sie am Tresen und starrten auf die mit kalter Lava gefüllten Flaschen.

Die Etiketten sind zu dick und zu weich, sagte ein Erdgeist.

Stimmt, sagte ein anderer. Sie hängen runter wie Schwabbelbäuche.

Hey Leute!, rief ein anderer, das ist unsere allererste selbstgebaute Bar, seid nicht zu streng mit ihr.

Und warum steht auf den Etiketten nicht Lava, sondern Love?, fragte ein vorbeihuschender, virtueller Maulwurfshügel.

Weil das für uns dasselbe ist, du Ei!, riefen die Erdgeister.

Zwei Zahlen

Eine Zwei lag tot im Straßengraben.

Was ist mit dir?, rief eine beschwippste Vier, die von einem Betriebsausflug nach Hause ging.

Ich bin tot, sagte die Zwei ganz leise.

Ermordet?, fragte die Vier.

Nein, nein!, rief die Zwei. Herzversagen, Altersschwäche, keine Ahnung. Immer müsst ihr Vieren alles dramatisieren.

Die Vier setzte sich neben die tote Zwei ins Gras und sah sie an.

Du siehst aus wie immer.

Warum auch nicht, sagte die Zwei. Bloß weil ich tot bin, muss ich ja nicht anders aussehen.

Wie geht's dir denn?, fragte die Vier und streute Erde auf die Zwei.

Gut, sagte die Zwei. Aber hör auf, mich mit Dreck zu bewerfen.

Entschuldige, sagte die Vier. Ich war ganz in Gedanken. Wie findest du mein Plastikherz?

Geht so, sagte die Zwei. Soll ich mal reinpieksen?

Nein!, rief die Vier. Das hat mir Heinz geschenkt.

Heinz, die Eins?, rief die Zwei.

Ja!, jubelte die Vier. Er liebt mich und das ist für immer. Wir werden heiraten.

Aber er ist noch mit Ulli, der Null, zusammen, sagte die Zwei. Ist das kein Problem für dich?

Doch, sagte die Vier. Sie steht noch zwischen uns.

Dann seid ihr zusammen die 104, folgerte die Zwei.

Für eine Tote kannst du noch ganz schön kombinieren!, sagte die Vier.

Restenergie, flüsterte die Zwei. Wenn du eine halbe

Stunde später hier vorbeigekommen wärst, hättest du von mir nichts mehr gehört.

Und warum bist du nicht einfach still?, fragte die Vier. Man muss nicht immer alles geben. Das Leben ist kein Fußballspiel. Und diese Gegend hier ist nachts ganz still viel schöner.

Ja, flüsterte die Zwei. Du bist gar nicht so doof, wie ich dachte.

Das waren ihre letzten Worte. Die Vier stand auf und ging. Noch wochenlang hatte sie den letzten Satz der Zwei im Ohr. Die Sache war dumm gelaufen.

Elterngespräch

Ich bin so ungeduldig, sagt Antonia, immer diese Ungeduld! Wenn ich mir einen Film anschaue, wünsche ich mir schon nach fünf Minuten, er wäre endlich vorbei.

Du musst dir gute Filme anschauen, sagt Immo, Filme, die dich fesseln.

Fesseln?, fragt Antonia. Wie meinst du das?

Ach, sagt Immo, sagt man doch so. Ich meine, wenn mich etwas langweilt, möchte ich auch, dass es schnell vorbei ist. Das geht wohl jedem so.

Du meinst, ich bin nichts Besonderes?, fragt Antonia.

Natürlich bist du etwas Besonderes, sagt Immo. Also generell auf jeden Fall. Aber so eine Reaktion ist sehr normal, da musst du dir keine Sorgen machen.

Sorgen mach ich mir auch keine, sagt Antonia. Aber jetzt zum Beispiel, da denke ich: Wann hört dieses blöde Gequatsche endlich auf? Verstehst du? Immer diese Ungeduld!

Immo nickt. Das ist nicht gesund, Antonia! Du musst ruhiger werden.

Geht nicht, sagt Antonia. Ich schlafe nicht mal ruhig, also kurz vielleicht, doch dann lauf ich durchs dunkle Haus und denke: Wann ist die Nacht endlich vorbei?

Warum machst du kein Licht an?, fragt Immo.

Wozu?, ruft Antonia. Ich gehe gern durch dunkle Räume, sie sind meine besten Freunde.

Antonia, sagt Immo, du musst andere Prioritäten setzen. Zum Beispiel Kinderkriegen. Das könnte dich von deiner Ungeduld ablenken oder dich zwingen, geduldiger zu werden.

Du immer mit deinem Kinderkriegen!, ruft Antonia. Das ist doch kein Allheilmittel!

Nein, sagt Immo. So etwas gibt es nicht. Ach, lass es! Kinder sollte man ohnehin nur um ihrer selbst willen bekommen oder einfach so, alles andere ist Missbrauch.

Gut, sagt Antonia. Dann will ich erstmal eins einfach so.

Ok, sagt Immo.

Die Vergessliche

Kaum hat die Werbefachfrau Katrin P. die ersten Wäschestücke, es sind ein paar Söckchen, auf die Leine gehängt, da sieht sie ihn schon wieder. Er steht mit großen, gierigen Augen hinter der mageren Eiche.

Wie kann er glauben, dass ich ihn nicht sehe?, geht es Katrin durch den Kopf. Sie geht nach hinten an den Zaun und ruft: Heh, Sie da! Was wollen Sie von mir? Ich seh Sie schon zum dritten Mal. Soll ich die Polizei rufen?

Nein, sagt der Mann. Nicht nötig. Ich schau nur ihrer Wäsche zu.

Was reizt Sie denn an meiner Wäsche?, fragt Katrin.

Sie schaukelt so geil im Wind, sagt der Mann.

Die Wäsche anderer schaukelt genauso geil im Wind, meint Katrin.

Finden sie?, fragt der Mann.

Also, sagt Katrin, verschwinden Sie!

Komm ich dir nicht bekannt vor?, fragt der Mann.

Vorsicht, denkt Katrin, er will mich fixieren. Nicht in die Augen schaun. Am besten ganz an ihm vorbei.

Sie schaut an ihm vorbei.

Ich kenn Sie nicht. Ich ruf die Polizei.

Sie dreht sich um.

Katrin!, ruft der Mann. Du warst mein Ein und Alles!

Ach Ecki!, sagt Katrin und macht wieder kehrt. Du bist das! Jetzt erst erkenn ich dich.

Katrin, sagt der Mann. Bist du glücklich geworden?

Ja, sagt Katrin. Ich bin dreimal geschieden und zwar glücklich. Jetzt hab ich einen, der ist 10 Jahre älter, auch nicht schlecht.

Na, dann bin ich beruhigt, sagt Ecki. Ich hab vor einiger Zeit von dir geträumt, weißt du. Da ging es dir gar nicht gut. Da warst du eine Akrobatin im Zirkus. Du hast mit einer langen Stange auf dem Hochseil gestanden und tränenüberströmt »Ecki, rette mich!« gerufen. Da wollt ich mal nach dir sehen.

Ecki, sagt Katrin. Das mit uns beiden ist seit über 30 Jahren vorbei. Und du träumst immer noch von mir?

Ecki lächelt. Ich bin eben eine treue Seele.

Na, nun weißt du ja, dass es mir gut geht, sagt Katrin. Aber das hättest du mich auch gleich beim ersten Mal fragen können, und ohne diese Wäsche-Nummer. Ganz schön verschroben, mein Lieber.

War ich doch auch damals schon, sagt Ecki.

Weiß Gott!, sagt Katrin. Jetzt fällt's mir wieder ein. Du warst bizarr und voller nackter Emotionen.

Bin ich immer noch, sagt Ecki.

Katrin schüttelt sich. Mir ist kalt geworden, sagt sie. Ich mach mal weiter. Du hast ja sicher auch zu tun.

Sie sieht ihm in die Augen.

Es gibt so viel zu tun, sagt Ecki. Man weiß gar nicht, wo man anfangen soll. Und wenn du wissen willst, wie's mir geht, komm mal auf meine Homepage.

Was muss ich denn eingeben?, fragt Katrin lächelnd. Ecki Bizarr?

Nein, sagt Ecki. Naked Emotions Germany.

Merk ich mir, sagt Katrin. Ist ja leicht!

Erst als sie wieder bei der Wäsche ist, denkt sie: Der hieß doch gar nicht Ecki, der hieß Stefan!

Jetzt ärgert sie ihre Vergesslichkeit, zum allerersten Mal!

Die Liebesreise

Sebastian sitzt im Zug, er fährt 252 km/h. Er schaut aus dem Fenster und sieht Stationen seines Lebens vorbeifliegen und andere Geschichtserscheinungen.

Oh!, ruft er erschrocken aus. Ist das der Train of History?

Die Frau im Sitz vor ihm dreht sich um und sagt: Das ist der Train of History.

Dann habe ich den falschen Zug erwischt!, ruft Sebastian. Ich muss raus! Wo ist der nächste Halt?

Gibt's nicht, sagt die Frau. Die Endstation heißt Urknall, glaub ich. Wo wollten Sie denn hin?

Ich wollte mit dem Future-Train nach Brasilien, sagt Sebastian.

Das ist ein bisschen furchtbar, sagt die Frau und bietet Sebastian ein Stück Apfelsine an.

Ein bisschen?, ruft Sebastian. Sie sind gut!

Ich bin sehr gut, sagt die Frau. Schaun Sie, da draußen hängt Nietzsche und schmiert Popel an die Scheibe.

Das ist nicht Nietzsche!, ruft Sebastian. Das ist nur jemand, der ihm den Schnauzbart gestohlen und sich selbst angeklebt hat. Nietzsche würde so was nie machen!

Kennen Sie ihn gut?, fragt die Frau.

Wie schafft der das nur, fragt Sebastian, sich bei der Geschwindigkeit an der Scheibe festzuhalten?

Der Mann hat ihn gehört und brüllt: Hey, Seb! Schau dir mal meine Pfoten an! Ich bin Efeu-Man!

Ja, wirklich!, ruft Sebastian, schaun Sie sich das an!

Er kennt Sie, sagt die Frau. Sind Sie vielleicht der heilige Sebastian?

Bin ich vielleicht von Pfeilen durchbohrt?, fragt Sebastian zurück und schaut an sich herab.

Nein, sagt die Frau. Sie sind unverletzt und fit, niemand muss sie verarzten oder gesundpflegen. Sie haben noch mal Glück gehabt. Warum setzen Sie sich nicht neben mich? Der Platz ist frei. Wir könnten uns ineinander verlieben und eine verdammt gute Zeit haben.

Wie kann ich im falschen Zug sitzen und eine gute Zeit haben!, ruft Sebastian aufgeregt. Sie sind gut!

Ich bin sehr gut, sagt die Frau und nimmt ihre hässliche Handtasche vom freien Platz und wirft sie auf die Gepäckablage.

Wie schwungvoll!, denkt Sebastian und setzt sich neben sie. Der Zug rast immer schneller, Dinosaurier ziehen vorbei. Der Bordservice kommt.

Möchte hier vielleicht jemand einen Tannenzapfen oder Tierblut oder etwas anderes zum Anschauen oder Trinken?

Haben Sie ein Bildchen von Elvis Presley in Hot Pants?, fragt die Frau.

Aber natürlich, sagt der Service-Boy und zieht es aus dem Optikfach. Die Frau bezahlt mit einem Lächeln.

Und ich hätte gerne ein Schwarz-Weiß-Plakat, sagt Sebastian.

Und was soll draufstehen?, fragt der Boy, es ist Rex Gildo.

Militärmusik, sagt Sebastian. Und dazu bitte eine gekochte Kartoffel.

Rex Gildo reicht ihm beides und rechnet im Kopf: Macht nichts!

Danke, sagt Sebastian und klebt das Plakat mit der zerdrückten Kartoffel und mit der Schrift nach außen auf die Scheibe. Jetzt ist Efeu-Man nicht mehr zu sehen.

Gute Idee, sagt die Frau. Jetzt können wir uns ungestört verlieben.

Scheiße

Der verrückte Harm Cornelsen hat sich mit einer Büchse Fleckenspray an die Kuh Maria angeschlichen. Die Kuh hat ihn längst gewittert, fährt herum und nimmt ihn auf die Hörner. Harm hält sich an ihrem großen warmen Kopf fest. Die Kuh dreht sich, bis beiden total schwindelig ist. Harm fällt ins Gras und Maria muss sich setzen.

Welche Flecken wolltest du denn wegmachen?, fragt die Kuh. Die weißen oder die schwarzen?

Die Scheißflecken!, sagt Harm und alle Kühe lachen.

Diese Menschen!, ruft die Oberkuh Johanna. Warum sind eure Herzen nicht so rein wie eure Einbauküchen?

Lasst mich!, sagt Harm. Ich hab euch nichts getan.

Johanna nimmt ihm das Spray weg.

Geh jetzt, sagt sie Oberkuh.

Harm geht zum Bauern. Die Kühe haben Fleckenspray, sie wollen schnüffeln.

Der Bauer rennt los, aber die Kühe liegen schon verdämmert rum.

Oh Bauer!, sagt Johanna. Wir dachten, das macht uns leicht und unabhängig.

Ihr werdet nie leicht und unabhängig!, brüllt der Bauer. Was habt ihr nur für eine Scheiße im Kopf!

Harm steht am Zaun und sagt: Also auch noch Scheiße im Kopf!

Schule für Große

Mensch und Tier

Direkt nach den Sommerferien sollten wir den Unterschied zwischen Mensch und Tier herausarbeiten.

Warum sprechen wir nicht über unsere Ferienerlebnisse?, fragte Martha.

Ihr seid keine Kinder mehr, entgegnete Dr. Kanold.

Aber gleich am ersten Tag volle Pulle, sagte Dirk, das fällt nicht leicht.

Sollte es aber, meinte Dr. Kanold. Das Umschalten sollte in eurem Alter gelernt sein. Also, Dirk, bitte: Worin siehst du den wesentlichen Unterschied zwischen Mensch und Tier?

Fußball, sagte Dirk. Fußball.

Ich habe schon fußballspielende Elefanten gesehen, wandte der Lehrer ein. Ja bitte, Daisy!

Pornos, sagte Daisy. Tiere drehen keine Pornos.

Tiere drehen überhaupt keine Filme!, rief Eberhard.

Richtig, sagte Dr. Kanold. Die Richtung stimmt. Was sind denn Filme, wie heißt der Oberbegriff?

Unterhaltungsindustrie, sagte Ramona. Was uns von den Tieren unterscheidet, ist die Unterhaltungsindustrie.

Dr. Kanold nickte. Gut, Ramona. Das halten wir mal fest.

Er ging zur Tafel und schrieb das Wort »Unterhaltungsindustrie«.

Würden wir ohne die Unterhaltungsindustrie sterben?

Ich wusste nicht, worauf er hinauswollte, hatte aber das Bedürfnis, mich zu beteiligen. Ich erzählte, dass ich gestern auf der Tankstelle einen Hundehaufen gesehen hätte, in der Nähe einer Zapfsäule.

Das tun Hunde, sagte ich. Ein Mensch würde nie in der Nähe einer Zapfsäule seine Notdurft verrichten.

Wir sprachen über die Unterhaltungsindustrie, sagte Dr. Kanold. Ich verstehe den Zusammenhang nicht.

Ich schwieg und versuchte über Mimik den Eindruck schwerster Nachdenklichkeit zu vermitteln, so als hätte ich mich in kompliziertesten Gedanken verheddert.

Na gut, sagte der Lehrer, vielleicht fällt dir die passende Verbindung ja noch ein. Noch mal die Frage: Ist die Unterhaltungsindustrie lebensnotwendig?

Nein, sagte Per. Aber unser Leben wäre langweilig.

Dann ist das Leben der Tiere also langweilig, folgerte Dr. Kanold.

Nein, sagte Birgit. Die Tiere sind so sehr mit Nahrungssuche und Sex und Familie beschäftigt, dass ihnen nie langweilig wird.

Aber viele Tiere liegen oft faul rum, rief Erik dazwischen. Löwen, Hunde, Flundern. Denen ist langweilig, da bin ich mir ganz sicher. Die gähnen sogar oft.

Wir lachten.

Ich meine nicht die Flundern, rief Erik genervt.

Tiere kennen keine Langeweile, weil sie gar nicht wissen, was das ist. Sie haben keine Worte.

Sehr gut, sagte Dr. Kanold. Tiere haben keine Worte.

Er schrieb »Worte« an die Tafel.

Versicherungen!, rief Ramona.

Ja, sagte der Lehrer. Tiere haben keine Versicherungen.

Er schrieb »Versicherungen«.

Motorräder und Autos, sagte ich.

Komm bitte an die Tafel, sagte Dr. Kanold. Er gab mir die Kreide. Ich schrieb »Motorräder und Autos« unter »Versicherungen« und nach zehn Minuten stand die Tafel voller Begriffe, »Kugellager« war dabei, »Operationen« und »Musik«.

Das soll reichen, sagte Dr. Kanold schließlich. Das alles haben Tiere nicht. Was schließen wir daraus?

Tiere sind einfach, sagte Per. Ich würde sogar sagen: Eindimensional. Wir Menschen machen viel, viel mehr aus unserem Leben, deshalb sind wir glücklicher als die Tiere.

Keine Wertungen bitte, sagte Dr. Kanold. Das Glück der Tiere müssen wir gesondert behandeln, aber es stimmt: Auch mir erscheint das menschliche Leben vielfältiger, bunter. Kein Affe fliegt nach Mallorca oder Antalya.

Alle lachten. Dann ging es in die große Pause. Ich zog mir eine Cola und sprach mit Edgar über seinen großen Kopf.

Meine Frau mag ihn, sagte er, doch meine Schwiegereltern lehnen mich deswegen ab.

Wie kindisch, meinte ich.

Ja, kindisch, sagte Edgar, aber so sind sie. Da stößt man echt an Grenzen. Wie findest du ihn?

Ich hatte mir bis dahin über Edgars Kopf noch keine Meinung gebildet.

Mir fallen kleine Köpfe eher auf als große, sagte ich und sah ihn an. Dein Kopf ist voll in Ordnung, was denn sonst?

Du hast gut reden, sagte Edgar. Deiner ist normal groß.

Einen anderen kriegst du nicht mehr, sagte ich. Hör auf, dir über so was Gedanken zu machen, sei selbstbewusst!

Ich bin nicht selbstbewusst, sagte Edgar.

Die Pause war vorbei.

Die Vielfalt!, rief Dr. Kanold lächelnd. Die Vielfalt unterscheidet uns vom Tier. Was sonst noch?

Gut und böse!, rief Amanda. Das können Tiere nicht beurteilen.

Kannst du uns ein Beispiel nennen? fragte Dr. Kanold.

Amanda überlegte. Hitlers Schäferhund, sagte sie dann. Der wusste nicht, wie böse sein Herrchen war.

Das wussten viele Menschen auch nicht, sagte Dr. Kanold. Schlechtes Beispiel.

Der Eisbär Knut, sagte Amanda. Er hätte den Pfleger, der ihn großzog, sicher irgendwann gefressen. Kein Mensch frisst seine Pflegeeltern.

Knut hätte seinen Pfleger nie gefressen!, rief Ramona. Das ist eine Unterstellung!

Sensibles Thema, sagte der Lehrer. Das lassen wir beiseite.

Tiere denken nur ans Fressen!, sagte Per. Und wenn sie hungrig sind und Raubtiere, töten sie eben. Das ist nicht böse, nur natürlich.

Tiere denken auch ans Saufen und Ficken, sagte Roger. Sonst wären sie schon ausgestorben.

Wir wissen nicht, was Tiere denken, warf ich ein.

Die denken!, rief Martha. Geh mal in den Zoo, ins Affenhaus, und schau dem Orang-Utan in die Augen, da siehst du, dass er traurige Gedanken hat!

Das führt zu weit, rief Dr. Kanold. Es geht um Gut und Böse, um die Frage, ob Tieren moralische Regungen fremd sind.

Löwenmännchen töten die Nachkommen von Rivalen, sagte Edgar. Wenn das nicht böse ist. Die Großen fressen die Kleinen, das gilt allgemein. Da gibt's kein Mitleid und keine Gerechtigkeit, höchstens, dass zum Schluss immer alle tot sind, aber ist das Gerechtigkeit?

Du musst deine Gedanken ordnen, Edgar, mahnte Dr. Kanold an. Du wirfst vieles durcheinander. So kommen wir nicht weiter. Daisy, bitte!

Tiere können gut sein, sagte Daisy, und Tiere können böse sein, das steht fest. Aber lachen können sie nicht.

Gut, lobte Dr. Kanold. Endlich ein klarer Gedanke! Den Tieren fehlt Humor, richtig. Warum?

Weil sie nichts zu lachen haben, sagte Karl. Und weil sie dumm sind. Wer dumm ist, hat nichts zu lachen. Er muss Angst haben, weil andere ihn ausrotten können, ohne mit der Wimper zu zucken.

Der Lehrer lächelte. Er hatte Karl in unsere Gruppe

aufgenommen, weil er Amandas Bruder war. Sein Lieblingsausdruck war »Ausrotten«, den benutzte er fast immer.

Und warum haben wir Menschen Humor, Karl?, fragte Dr. Kanold.

Weil wir wissen, dass die ganze Scheiße irgendwann vorbei sein wird, sagte Karl.

Ach Karl!, stöhnte Dr. Kanold. Deine negative Einstellung zum Leben ist dümmer als ein Tier je sein kann. Du zerstörst dich selbst damit.

Tut mir leid, Herr Lehrer, sagte Karl. Die Rappen der Verzweiflung gehen manchmal durch mit mir.

Verzweiflung, sagte Dr. Kanold. Kann ein Tier verzweifeln? Nein. Karl ist ein Mensch, ein verzweifelter Mensch. Was lässt dich verzweifeln, Karl?

Das Leben könnte so schön sein, sagte Karl. Ich könnte jetzt mit einem Hubschrauber über die Po-Ebene fliegen oder auf Rügen Ziegen züchten, stattdessen das hier.

In einem halben Jahr ist die Zeit an unserer Schule vorbei, sagte Dr. Kanold. Dann hast du dich den Fragen des Lebens ausgiebig gestellt, dann tust du, was du willst. Sei nicht so ungeduldig. Karl nickte.

Humor ist Lebensfreude, erklärte Dr. Kanold, pure Lebensfreude, die über Dunkles triumphiert. Merkt euch das. Sagt es alle zusammen auf, steht auf!

Wir standen auf und sagten: Humor ist pure Lebensfreude, die über Dunkles triumphiert.

Wir genossen Dr. Kanolds Autorität, waren für den Rest des Unterrichts jedoch recht lahm, das lag wohl an den Ferien. Wir kamen nicht mal auf das Thema Arbeit, bis Dr. Kanold es kurz vor Schluss in den Raum stellte.

Arbeit! Ja, klar! Kein Tier würde von sich aus arbeiten. Viele schlugen sich mit der Hand vor die Stirn und Roger meinte, dass er in dieser Hinsicht eher ein Tier wäre.

Vielleicht hast du die Arbeit, die dir Freude macht, nur noch nicht gefunden, meinte Dr. Kanold.

Dazu müsste er sie suchen, sagte Birgit, Rogers Freundin, zu ihren Fingernägeln.

Aber die Biber!, rief Arthur. Und die Ameisen! Und die Schwalben, wenn sie ihre Nester bauen und ihre Jungen füttern, ist das keine Arbeit?

Hausarbeit, sagte Dieter. Wenn Tiere arbeiten, ist es immer Hausarbeit.

Und die Bienen?, fragte Daisy. Die stellen sogar etwas her.

Aber nicht, um es zu verkaufen, sagte Per. Das ist doch mehr privat.

Bist du bescheuert?, rief Karl. Private Bienen!

Bitte, sagte Dr. Kanold. Keine Kraftausdrücke. Ist Arbeit nur Arbeit, wenn sie verkauft wird?

Die Stunde war zu Ende.

Wir machen morgen an dieser Stelle weiter, sagte Dr. Kanold. Und geht bitte zeitig schlafen. Das war heute keine Glanznummer!

Wir verließen den Raum zügig und auf dem Flur fragte mich Mandy, ob ich ihr aus Spaß einen Liebesbrief mit Nackfoto schreiben würde. Sie ist so lustig!

Warum hast du dich heute nicht gemeldet?, fragte ich.

Mich interessieren Tiere nicht so sehr, sagte sie. Was ist jetzt, schreibst du mir?

Ich sagte: Gerne, Mandy. Gibst du mir deine neue Adresse?

Ein Brief für Christian

Wird Phantasie jetzt mit P oder F geschrieben?, fragt Sandra. Das ist doch vereinfacht worden, oder?

Also, Sandra!, rufe ich. Sprich das mal bitte: Pantasie! Das kann ja wohl nicht sein.

Ach!, ruft Sandra aus dem Büro. Diese ständigen Rechtschreibreformen haben mich völlig verunsichert. Ich weiß ja bald gar nichts mehr!

Übertreib nicht!, ruft Claudia. Was machst du überhaupt?

Ich schreibe einen Brief an Christian, ruft Sandra. Der hat mir auch geschrieben.

Einen richtigen Brief?, frage ich. Auf Papier?

Ja!, ruft Sandra. Und jetzt stört mich bitte nicht, ich muss mich konzentriern.

Sie schließt die Schiebetür züm Büro.

Wer ist denn dieser Christian?, frage ich Claudia.

Ein Ex von ihr, antwortet sie. Er ist vor drei oder vier Jahren nach Los Angeles gezogen. Filmbranche. Gelernter Jurist und Salsatänzer.

Interessante Mischung, sage ich.

Hilfst du mir beim Kartoffelschälen?, fragt Claudia.

Ja, gerne, sage ich. Ich hab ja beide Hände frei.

Sie holt die Kartoffeln, stellt einen Topf mit Wasser auf den Tisch und gibt mir einen Schäler.

Sind die festkochend?

Mehlig mag ich nicht, sagt Claudia.

Die Schiebetür geht auf, Sandra kommt raus.

Ich weiß nicht, was ich schreiben soll. Er hat jetzt eine Moslem-Freundin und ich weiß nicht, was ich dazu sagen soll. Immer dieser Islam! Wie soll ich den denn finden?

Sandra, sagt Claudia. Du kennst weder die Frau noch

den Islam, also sagst du nichts dazu, fertig. Gibt doch so viel zu erzählen!

Vielleicht müsste ich ihn warnen, sagt Sandra. Er ist in religiösen Dingen so unbedarft! Seine Eltern haben ihn atheistisch erzogen.

Na, ist doch prima, rufe ich. Dann hat er einen unverstellten Blick auf diese Dinge.

Mir ist nicht wohl bei der Vorstellung, sagt Sandra. Man müsste einfach mehr wissen. Das ist so wie mit den Atomkraftwerken. Man hat ein ungutes Gefühl und dabei weiß man gar nicht, wie die Teile funktionieren.

Die meisten Autofahrer wissen auch nicht, wie ein Auto funktioniert oder ein Motor, sagt Claudia. Die meisten von uns wissen doch nicht einmal, wie die eigene Verbrennung und Verdauung funktioniert. Wir wissen ja auch nicht genau, was wir so alles essen und tun es trotzdem. Wir wissen nur, was hinten rauskommt.

Ist ja auch das Wichtigste, sage ich.

Die Frauen schaun mich an. Ich lächle.

Na, sage ich, war nur ein Scherz. Aber hat nicht mal ein Bundeskanzler sowas Ähnliches gesagt? Wichtig ist, was hinten rauskommt? Ach, Schwamm drüber, worum ging es eigentlich?

Kannst du die Kartoffeln bitte runder schälen?, sagt Claudia. Ich mag solche Kanten nicht.

Ich sage: Gut, kein Problem. Du meinst also, man muss nur wissen, dass etwas gefährlich ist, um es abzulehnen?

Nein, sagt Claudia. Ich will nur sagen: Vieles funktioniert, ohne dass wir wissen, warum.

Ach so, sagen Sandra und ich.

Und das heißt auch, fährt Claudia fort, dass Christian, der heißt ja auch noch Christian! Also dass der und seine Frau trotz allem gut zueinander passen können, hey! Der Mensch besteht doch nur zu einem kleinen Teil aus Religion und zum größten Teil aus Wasser, ihr wisst doch: Alles fließt! Durch Vermischung entsteht doch nur ein bunteres, stärkeres Leben, das macht die Menschheit reicher. Schaut euch nur mal die lebenslustigen, quirligen Kölner an. Das ist ja ein unglaubliches Völkergemisch! Und dann schaut euch den Brandenburger an. Dieses Dumpfe!

Es gibt auch dumpfe Kölner, entgegne ich. Und dieser Kölsche Klüngel! Was sind das denn anderes als mafiöse Strukturen. Die haben zu viel altes Römerblut in ihren Adern, das ist auch nicht gut.

Gammelgene, sagt Sandra.

Wie?, wundere ich mich.

Na, wenn die schon die alten Römer hatten, sagt sie ernst und geht zum Kaffeeautomaten. Trinkt ihr auch einen Kaffee?

Nein, sagt Claudia. Ich bin schon nervös genug. Zuviel Kaffee macht mich ängstlich.

Ich muss lachen. Das liegt nicht am Kaffee, Claudia, sage ich. Das hat mit deiner ganzen Art zu tun.

Sie setzt die Kartoffeln auf.

Du rechnest ständig mit dem Bösen. Das ist nicht gut, sage ich.

Sie nimmt den Topf vom Herd und gießt das Wasser wieder ab.

Was ist?, fragt Sandra.

Ich will Pommes machen, sagt Claudia. Ihr bringt mich durcheinander mit eurem Gerede.

Du redest mehr als ich, sagt Sandra. Was gibt's denn zu den Pommes?

Majo, sagt Claudia.

Nur Pommes?, fragt Sandra. Was soll ich denn jetzt schreiben.

Mach's kurz, sag ich. Schreib einfach: Lieber Christian, ich hoffe es geht dir gut.

Mehr nicht?

Reicht doch, sage ich. Und dann schneidest du diese fröhliche Asiatin hier aus dem Cover, ich nehme eine

Zeitschrift vom Stapel neben dem Lesesessel und lege sie vor Sandra hin. Die klebst du dazu. Das transportiert doch sehr viel Optimismus, findet ihr nicht?

Claudia fängt an, die Kartoffeln in Scheiben zu schneiden und wirft einen Blick auf die Asiatin.

Ja, die sieht wirklich frisch aus, sagt sie. Schick die dem Christian.

Später Samstagnachmittag

Du mit deinen Zeitreisen!, sagte Lola zu Jeremy, während wir die weißen Außenwände seines Billardschuppens vollkritzelten. Das wäre doch nur ein weiterer Luxus, sonst nichts. Mir genügt die Gegenwart vollkommen. Ich muss Aristoteles nicht höchstpersönlich treffen und ich glaube auch nicht, dass du verloren gegangenes wertvolles Wissen aus der Vergangenheit mitbringen könntest.

Nun lass ihm doch die Vorfreude, sagte ich. Ist doch schön, wenn jemand sich für eine Sache so begeistern kann.

Jeremy schrieb das Wort »Netzagentur« an die Wand und ich unterstrich »Netza«, um an den Fußballspieler Günter Netzer zu erinnern.

Was soll das?, fragte Jeremy. Diesen Netzer sieht man doch oft genug in der Glotze.

Und dann schrieb er ganz groß »Karl Allgöwer« darüber, der seine große Zeit in den 80er Jahren beim VFB Stuttgart hatte, aber in der Nationalmannschaft nie richtig zum Zuge kam.

Also mal angenommen, sagte ich, du könntest in die 80er Jahre des letzten Jahrhunderts reisen und du hättest die Möglichkeit, den Lauf der Geschichte zu beeinflussen, würdest du dich tatsächlich mit so etwas Nebensächlichem wie Fußball befassen? Würdest du dafür sorgen, dass Karl Allgöwer mehr Länderspiele macht? Wir sind schließlich auch ohne ihn 1990 Weltmeister geworden.

Jeremy schwieg. Er kritzelte kleine Männchen mit großen Augen an die Wand.

Sag was, Jeremy!, rief Lola. Sonst schreibe ich »Pofalla« an die Wand.

Ihr kapiert gar nichts, sagte Jeremy. Habt ihr euch schon mal gefragt, ob unsere Geschichte vielleicht von Zeitreisenden gestaltet wird?

Ich überlegte.

Meinst du, fragte Lola, dass es bereits Zeitreisende gibt, die unser Dasein beeinflussen?

Ja, sagte Jeremy. Die müssen sich ja nicht in Form von ganzen Menschen materialisieren. Die sind vielleicht elektrische Impulse oder Töne oder geniale Blutkörperchen.

Nun hör aber auf, sagte ich. So ein Kokolores! Ich tauche also in einer anderen Zeit zum Beispiel als Sodbrennen auf und lenke Napoleon so von einem kriegsentscheidenden Einfall ab.

Schon lustig, meinte Lola.

Hauptsache lustig, sagte ich verärgert. Das sind doch nur Gedankenspielchen, weiter nichts, das ist nur Zeitvertreib!

Sozialidiot, schrieb Jeremy.

Da hinten stößt ein Maulwurf, sagte Lola.

Wir sahen hinüber.

Die legen manchmal enorme Wintervorräte an, erzählte Lola. Es gab mal einen, der hat 1200 Regenwürmer gehortet!

Hat er gewusst, wie lang der Winter wird?, fragte ich.

Das wusste Lola nicht.

Dir imponiert nur diese Zahl, sagte Jeremy. Was heißt das schon? Auch Fleiß kann sinnlos sein. Denn wenn der Winter nicht sehr hart und nicht länger war als üblich, sind die Regenwürmer vergammelt und umsonst gestorben. Es gibt verrückte Menschen und es gibt verrückte Tiere. Ihr habt doch sicher auch von diesem schwarzen Schwan in Münster gehört, der sich in das weiße Tretboot in Form eines Schwans verliebt hat. Er heißt Petra.

Verliebt!, rief ich. Kann man bei Tieren von Liebe sprechen? Sie hat das Tretboot ausgesucht, weil es der größte und stärkste Schwan weit und breit ist. So verrückt finde ich das gar nicht.

Ich schon!, rief Lola. Ein lebloses Tretboot als Partner zu haben, finde ich völlig verrückt und dekadent. Sie kann von ihrem Mann ja keine Kinder kriegen, das ist nicht gottgefällig.

Ach, was!, rief ich. Das zeigt, dass Gott Humor hat.

Das zeigt, das zeigt!, rief Jeremy. Ihr denkt so altertümlich! Die Natur versucht einfach alles Mögliche! Stellt euch mal vor, Petra würde von dem Tretboot schwanger!

Ja, sagte ich, vielleicht reist ja jemand aus der Zukunft zu uns und macht es möglich.

Ich war sauer und feuerte den Stift in einen Stachelbeerstrauch. Mir ist übel, ich geh ins Kino!

Warte!, rief Lola. Ich komm mit!

Jeremy schrieb »Triebstruktur« an die Wand und zeichnete daneben das berühmte Haus vom Nikolaus, ohne abzusetzen.

Er macht mich krank, sagte ich zu Lola. Immer bringt er mich auf Gedanken, die zu nichts führen.

Er hat keine Aufgabe, sagte Lola. Er hat Erfolg und Geld, aber keine Aufgabe. Es ist tragisch, als Hochbegabter keine Aufgabe zu haben.

Das ist auch tragisch, wenn man mittelmäßig ist, entgegnete ich und hielt ihr die Autotür auf. Sie stieg ein und dabei fiel aus ihrer Hosentasche eine kleine Kopie des Denkers von Rodin. Ich hob ihn auf und gab ihn ihr.

Mein Talisman, sagte sie lächelnd.

Ich setzte mich ans Steuer und sagte ihr nicht, wie lächerlich ich diese Skulptur finde. Denn worüber kann sich jemand, der nackt auf einem Felsen hockt und seine Faust so unnatürlich in die Stirn bohrt, schon groß Gedanken machen?

Gebäudekomplex

Wir waren mit einigen Gebäuden verabredet. Sie kamen nicht zum Treffpunkt. Was hätten wir machen können? Wir waren auch Gebäude, alle hoch und schlank. Wir pflaumten unsere Aufzüge an, die zuverlässig gingen, nur um uns abzureagieren. Dann kam die Mail: Sorry! Sind beim Schraffieren eingeschlafen! Seit wann zeichnen Gebäude? Wir brachen den Kontakt gleich ab. Da höhnten sie: Ihr könnt ein Suppenhuhn nicht von einem Anti-Viren-Programm unterscheiden! Wir wollten Zuneigung, sie denken nur an Lösungen. So unterschiedlich können Rechenzentren sein.

Milder Herbst

Wir sind ganz normale mitteleuropäische Menschen, sagte Kathi. Wir wollen glücklich sein, aber wenn wir es sind, haben wir kein Mitteilungsbedürfnis.

Sie warf einen Dartpfeil auf die Holzfigur im Garten.

Zu hoch!, rief Bernhard. Viel zu hoch.

Ich habe gar nicht auf den Kopf gezielt, gab Kathi zu. Ich kann das nicht, auf eine menschliche Figur zielen, widerstrebt mir zutiefst.

Ist doch nur aus Holz, rief Daisy und jagte ihren Pfeil knapp unter den Bauchnabel in das Buchenholz.

Prima, lobte Dirk, wolltest du da treffen?

In etwa, sagte Daisy und grinste.

Bernhard hielt den Pfeil in der ausgestreckten Hand und visierte die Herzgegend an. Er warf dann ruckartig und traf das Ohr.

Am Ohr, rief Kathi. Das sieht ja lustig aus! Fast wie ein Indianer.

Oder wie der heilige Sebastian!, rief Otto. Er lugte übern Gartenzaun. Dürfen wir mitmachen. Mechthild ist auch dabei.

Klar!, riefen die anderen und Bernhard öffnete das Gartentor.

Ist das der heilige Sebastian?, fragte Mechthild gleich.

Nein, sagte Bernhard, natürlich nicht! Wir würden nie auf einen Heiligen zielen. Ihr seid ja ganz schön schräg drauf, das ist der Böse!

Wie, fragte Otto, der Böse?

Der Böse, sagte Bernhard, einfach der Böse. Was ist denn daran so schwer zu verstehen?

Den gibt's nicht, meinte Otto. Das muss doch ganz konkret irgendjemand sein.

Quatsch nicht, sagte Dirk. Nehmt euch einen Pfeil und werft.

Wieder sauste ein Pfeil von Daisy los und traf den Oberschenkel.

Mist!, rief sie. Zu hoch, zu tief!

Reg dich nicht auf, sagte Bernhard. Er zielte und traf nun das andere Ohr. Sie lachten.

Also Bernhard, meinte Kathi. Wenn das Absicht gewesen wäre, hätten wir dich jetzt auf den Schultern durch den Garten getragen.

Danke, sagte Bernhard. Mechthild warf und traf den Penis. Alle klatschten.

Der ist ja auch schön groß, sagte Mechthild bescheiden. Eigentlich zu groß, oder?

Gibt's doch, sagte Otto und warf haarscharf am Kopf vorbei.

Nicht schlecht, sagte Dirk und reichte Kathi einen Pfeil.

Nein, sagte Kathi, ich muss immer an den heiligen Sebastian denken, ich möchte nicht mehr werfen.

Kathi, rief Bernhard lachend, das ist kein Sebastian, das ist der Böse! Guckte Sebastian vielleicht so verkniffen? Hatte er so schmale Lippen und so dicke Eier?

Kathi zuckte mit den Achseln.

Jemand kann gemein und finster aussehen und trotzdem ein guter Mensch sein. Kennt ihr den Boxer Valuev? Der sieht auch furchteinflößend aus, aber das ist ein netter Kerl, der will keinem weh tun.

Boxer sind mir egal, sagte Bernhard. Ich habe diese Figur geschnitzt, damit wir das Böse einmal spielerisch angreifen und fertigmachen können. Und zwar in Lebensgröße und in echt, nicht als Videospiel. Bildschirme schränken meine körperliche Freiheit zu sehr ein.

Du und dein Körper, maulte Kathi und warf den Pfeil unglaublich kraftvoll in den Himmel. Alle stoben auseinander und behielten den Pfeil im Blick. Er bohrte sich Sekunden später in den Kopf des Bösen.

Oh, sagte Kathi. Die anderen johlten.

Du hast ihn erledigt!, sagte Daisy. Schau mal, wie tief der drinsteckt!

Kathi ging zum Bösen und versuchte, den Pfeil herauszuziehen. Sie schaffte es nicht.

Lass ihn stecken, sagte Bernhard. Sieht gut aus.

Sie warfen noch über zwei Stunden. Kathi sah zu und sagte immer wieder etwas übers Glücklichsein und Glücklichwerden. Die anderen waren daran gewöhnt.

Wir haben sechsmal das Herz getroffen, sagte Otto zum Schluss, und achtmal die Leber.

Zähl mal die Löcher am Hals!, rief Dirk.

Zähl selber!, sagte Otto.

Und Bernhard fragte: Kathi, was würdest du tun, wenn dich der Böse heiraten wollte und er könnte dir das Glück garantieren?

Ich heirate keinen aus Holz, sagte Kathi.

Bernhard brach eine Dahlie ab und gab sie ihr wie einen ersten Preis. Es dämmerte mit Macht.

Wegsein

Stell dir vor, sagte die Witwe Klaudia W. zu ihrer Tochter Sarah, jetzt gibt's in Russland schon Spermafrostboden, ist das nicht widerlich?

Ach, Mutter, sagte Sarah, du siehst zu viel fern und kriegst nur die Hälfte richtig mit. Spermafrostboden, was soll das denn sein?

Es hatte mit dem Klima zu tun, sagte die alte Frau. Da kam das Wort zur Sprache. Vielleicht wird durch die Erderwärmung auch der Samen schlecht. Die Hoden hängen nicht ohne Grund außerhalb des Körpers. Sie sollen es ja nicht zu warm haben. Und jetzt werden auch sie zu warm.

Da haben die Russen wohl was eingelagert.

Du meinst, die Russen lagern Sperma in frostigen Böden ein?

Ja, sagt Klaudia, so ist das wohl. Gute Idee, findest du nicht?

Und warum packen die das nicht wie andere auch ins Tiefkühlfach?, fragt Sarah. So ein Boden ist doch unhygienisch. Nachher führen sie das den Frauen ein, da hängt noch Boden dran, na danke!

Spart aber Energie!, ruft Klaudia.

Also ich finds unhygienisch, sagt Sarah. Ich finde Spermafrostböden unhygienisch. Schluss jetzt damit! Immer kommst du mit solchen Sachen an, als würde die Menschheit bald untergehen.

Aber Kind, sagt Klaudia, das denk ich mir doch nicht aus! Und überleg mal, wenn die Russen ihren Samen schon so flächendeckend konservieren, muss es ernster um uns stehen, als wir glauben.

Um die Russen vielleicht, sagt Sarah, die haben doch

auch jede Menge Altlasten. Der Kommunismus hat die Umwelt ja noch mehr verseucht als andere Systeme. Wer weiß, was die alles verschwiegen haben. Unser Sperma ist ok.

Klaudia sieht sie fragend an.

Ja, guck nicht so, sagt Sarah. An manchen Tagen ess ich so gut wie nichts und fühl mich prima.

Wie, du hungerst, um so schlank zu sein?

Eben nicht, sagt Sarah. Vor dem Aufstehen blas ich dem Torsten einen, und vorm Einschlafen auch. Das reicht.

Aber Kind, sagt Klaudia. Sperma ist doch keine warme Mahlzeit! Was sagt denn Torsten dazu? Wird das dem nicht zu viel?

Nee, sagt Sarah, bis jetzt noch nicht.

Der sagt sowieso zu wenig, meint Klaudia.

Dem gehts gerade nicht so gut, sagt Sarah, und das hat auch mit dir zu tun. Seitdem du da bist, fühlt er sich eingeengt. Er sagt das nicht so direkt, aber ich merk's ihm an. Er stöhnt beim Sex auch kaum noch laut, nur so, sie ahmt die Laute nach, so zaghaft.

Jämmerlich, sagt Klaudia, das klingt ja jämmerlich! Und ich soll schuld sein? Nun mach mal einen Punkt. Ohne meine Rente wär's hier zappenduster! Soll er bei deiner Blaserei doch an meine Rente denken, dann geht's ihm besser!

Torsten ist überfordert, Mutti, sagt Sarah. Du musst mal eine Kreuzfahrt machen.

Klaudia schluckt.

Ihr wollt mich los sein, jetzt ist es raus!

Ach Mutter, du übertreibst schon wieder. Wir brauchen einfach eine Pause. Zwei, drei Monate. Dann könnten sich unsere Nerven erholen. Es gibt so tolle Routen. Es gibt neuerdings sogar eine durchs nördliche Eismeer, die früher gar nicht möglich war. Die Erderwärmung hat auch ihre guten Seiten!

Die alte Frau sieht aus dem Fenster.

Du bist noch so beweglich, Mutti!, setzt Sarah nach. Da ist das nicht zu viel verlangt.

Du weißt, was ich vom Reisen halte, sagt Klaudia.

Weiß ich, sagt Sarah. Aber auch ältere Menschen können sich noch ändern.

Ich nicht, erwidert Klaudia. In dem Punkt sicher nicht. Ich bin am Liebsten zu Hause. Denn in der Fremde nehme ich zuallererst den Alltag der Einheimischen wahr, ihre Sorgen und Nöte, ich kann das Wegsein nicht genießen.

Du kannst das Wegsein nicht genießen und das Dasein auch nicht!, schimpft Sarah. Immer nimmst du Sorgen wahr, immer bist du auf andere fixiert. Denk einfach einmal nur an dich und leg die Beine hoch und lass es dir gut gehen! Manche in deinem Alter verlieben sich noch mal.

Wenn ihr Kinder hättet, könnte ich mich darum kümmern, sagt Klaudia.

Haben wir aber nicht, sagt Sarah.

Die beiden schauen aus dem Fenster.

Der Sommer kam zu spät, sagt Klaudia. Aber der Herbst ist pünktlich. Die Linde wird schon gelb.

Das Farbenglück

Ich hatte letzte Woche einen kleinen Streit mit zwei Wasserflöhen. Sie schrien seit 6 Uhr früh schon: Güte ist Schönheit, Güte ist Schönheit! Da lag ich noch im Bett. Um 7 stand ich auf und ging zu ihnen.

Hört auf mit dem dummen Geschrei! Ihr wisst ja gar nicht, was ihr da ruft.

Wissen wir doch!, riefen die zänkischen Biester. Wissen wir besser als du! Was weißt du schon von Güte und von Schönheit? Schau mal in den Wasserspiegel.

Ich weiß, wie ich aussehe, sagte ich gelassen. Aber Güte ist Güte und Schönheit ist Schönheit, da gibt es nichts gleichzusetzen, ihr Wichtigtuer.

Was ist denn ein Wichtigtuer?, fragte einer der Flöhe. Noch nie gehört.

Na jemand, der sich wichtig tut, sagte ich. Stellt euch nicht dümmer, als ihr seid.

Aber wenn man wichtig ist, meinte der andere Wasserfloh, kann man doch auch wichtig tun, oder?

Wenn man wichtig ist, vielleicht, erwiderte ich. Aber ihr beide seid nicht wichtig, also tut auch nicht so.

Wir sind genauso wichtig wie du!, riefen die Tiere.

Wie heißt ihr überhaupt?, fragte ich in der Annahme, sie hätten keine Namen.

Daphne, sagten beide.

Ihr heißt beide Daphne?, staunte ich.

Schöner Name, was?, fragten sie zurück.

Ja schon, gab ich widerstrebend zu, aber für Wasserflöhe etwas hochtrabend.

Da sprangen sie mir ins Gesicht und setzten blitzschnell Urin ab. Es juckte sofort. Ich kratzte mich und zwei ein-Euro-große Quaddeln bildeten sich unter meinen Augen.

Ich ging ins Haus und wusch die Pisse ab. Zu spät. Aus den Quaddeln hatten sich stahlblaue, flache Augen entwickelt, mit denen ich die Welt ganz anders sah. Ich nahm die Farben intensiver wahr. Ich fühlte sie. Ich war sie, und das machte mich glücklich. Aber wie sah ich nun aus?

Ich ging zum Teich und bat die Wasserflöhe um Hilfe.

Was willst du?, fragte einer. Sieht doch super aus!

Für mein Schönheitsempfinden ist das eine Katastrophe, stellte ich klar. Bitte helft mir.

Jetzt sind wir wichtig, wie?, riefen die Flöhe.

Ja, sagte ich, ihr seid für mich sehr wichtig geworden.

Sie hüpften weg. Ich weinte aus allen Augen. Ich ging zum Magier.

Da kann ich leider gar nichts für dich tun, sagte er gleich. Du musst die Wasserflöhe fangen, zerquetschen und in die Extraaugen reiben, dann gehen sie weg.

Zurück am Teich rief ich: Daphne, Daphne! Kommt mal ganz schnell her! Ich hab zwei neue Taumelkäferwitze.

Warst du beim Magier?, fragte einer der Flöhe.

Sie wussten Bescheid.

Es klappt auch mit zerquetschten Ameiseneiern, rief einer.

Ich sagte Danke und hob große Steine hoch. Ich wurde fündig. Nach einer halben Stunde waren die blauen Augen spurlos verschwunden. Ich nahm die Farben wahr wie früher, ich fühlte mich nicht blau, nicht rot, nicht ocker, ich fühlte mich sehr gut.

Der Mann mit den süßen Öhrchen

Beim Telefonieren schaut die Wetterbeobachterin Kerstin Mölder aus dem Fenster. Draußen geht ein Zombie vorbei.

Oh, ruft Kerstin. Du Lena, ich muss Schluss machen! Da draußen geht ein Zombie vorbei, den möchte ich kennenlernen. Ich ruf dich später an.

Sie läuft hinaus, dem Zombie hinterher.

Hallo, Herr Zombie!, ruft sie. Warten Sie mal bitte.

Der Zombie dreht sich um. Er bleibt stehen. Kerstin sieht das dunkelrote Einschussloch in seiner Stirn.

Wie lange sind Sie schon tot?

Sechs Wochen, sagt der Zombie. Tankstellenüberfall. Ich war zufällig da, ich brauchte Brot.

Und warum sind Sie Zombie geworden?, fragt Kerstin. War Totsein langweilig?

Totsein war tot sein, sagt der Zombie. Aber ich brauche Brot.

Sie brauchen immer noch Brot?

Der Zombie nickt: So ist das!

Kerstin zeigt auf seinen schwarzen Schäferhundmischling. Ist der auch ein Zombie?

Nein, sagt der Mann.

Wie, ruft Kerstin. Können Zombies ganz normale Hunde haben?

Der Zombie nickt: Wir können auch ganz normale Frauen haben.

Kerstin schaut ihn sich genauer an, sie geht um ihn herum.

Der tut nichts, sagt der Zombie. Der beißt nur, wenn ich »Mieterhöhung!« rufe.

Sie haben süße Öhrchen, sagt Kerstin.

Ja, süße Öhrchen habe ich, sagt der Zombie. Das finden alle.

Aber sonst sind Sie leider nicht so mein Typ, meint Kerstin. Wär ja auch ein bisschen unrealistisch: Aus dem Fenster schauen und draußen geht der Mann fürs Leben vorbei, rausrennen, ihn küssen, heiraten, Kinderkriegen und so weiter.

Ja, sagt der Zombie, realistisch ist das nicht.

Er schaut zum Himmel hoch.

Sehen Sie mehr als ich?, fragt Kerstin.

Der Untote schüttelt den Kopf.

Nee. Nur das Blau, mehr nicht. Aber ich freue mich genauso über gutes Wetter wie früher, als ich noch lebte. Und dieser Oktober ist wirklich golden.

Golden?, fragt Kerstin skeptisch. Ich finde ihn extrem klar, also die Luft, finden Sie nicht? Die kommt mir vor wie ein Vergrößerungsglas.

Mit optischen Phänomenen kenn ich mich nicht aus, sagt der Zombie. Ich freu mich, wenn die Sonne scheint, das ist alles. Gott schütze Sie!

Er setzt seinen Weg fort.

Sie auch!, sagt Kerstin.

Ihr ist kalt geworden. Sie geht ins Haus, setzt Kaffee auf, ruft ihre Freundin an.

Das war ein fetter, netter Zombie, sagt sie. Er wollte mich haben.

Lena lacht. Was die sich einbilden! Impotent, eiskalt von Kopf bis Fuß, diese Zombieböcke!

Er hatte aber süße Öhrchen, sagt Kerstin. Und warmherzig war er auch.

Warmherzig?, ruft Lena. Dann war's kein Zombie!

Er hatte mitten auf der Stirn ein Einschussloch, ruft Kerstin.

Hast du mal einen Finger reingesteckt?, fragt Lena.

Kerstin schweigt.

Dann war's angemalt, sagt Lena. Das war bestimmt ein arbeitsloser Maskenbildner.

Vielleicht, sagt Kerstin. Ist ja auch egal. Wie geht's denn deiner Mutter?

Schule für Große

Emotional Diskutieren

Gestern wollte Frau Neubauer mit uns über persönliche Lebensaufträge sprechen, wir wussten gar nicht, was sie meinte. Es ging um die Beantwortung der Frage: Wozu bin ich auf die Welt gekommen? Gibt es eine ganz spezielle Aufgabe für jeden einzelnen Menschen?

Diese Frau Neubauer! Was die sich ausdenkt!

Ramona sagte: Nein, das ist doch Quatsch. Warum sollte es für jeden Menschen nur einen besonderen Weg geben oder ein Ziel. Also, ich hab keins.

Ich auch nicht, sagte Per. Viele gaben zu, kein Ziel zu haben.

Vielleicht habt ihr ein Ziel und wisst es nicht, mutmaßte die Lehrerin.

Vielleicht gehört es aber auch zu unserem persönlichen Plan, kein Ziel zu haben, meinte Edgar.

Zu einem Plan gehört ein Ziel, sagte Frau Neubauer. Du bist wirklich konfus, Edgar. Manchmal frage ich mich, ob das mit deinem großen Kopf zusammenhängt. Darin schwirrt wohl zu viel herum.

Das saß!

Edgar sank ganz tief in seinen Stuhl und Daisy protestierte: Der hat doch eh Komplexe wegen seines großen Kopfes. Warum sind Sie so gemein?

Tut mir leid, Edgar, sagte Frau Neubauer. Daisy hat Recht, ich war gemein zu dir. Aber du musst an dir arbeiten. Einen großen Kopf zu haben, ist keine Schande, doch deine Beiträge sind durch die Bank unqualifiziert. Es kann nicht deine Lebensaufgabe sein, dummes Zeug zu reden.

Vielleicht ist sie es doch, dachte ich. Es gibt ja so vieles, was wir nicht für möglich halten. Frau Neubauer kam dann auf große Persönlichkeiten zu sprechen wie Kolumbus, Jesus, Nelson Mandela. Die hatten doch wohl alle eine historische Mission, oder?, fragte sie frech.

Alles Zufall!, rief Karl. Wenn Jesus einfach Zimmermann geworden wäre, hätte das der Menschheit viel Ärger erspart. Und Kolumbus' Entdeckergeist hat dem Teufel gut getan und Nelson Mandela ist ein Wunder, aber so viele große Aufgaben gibt es nicht, als das jedem Menschen eine zugedacht sein könnte.

Wir sprechen ja auch gar nicht von großen Aufgaben, Karl, erklärte Frau Neubauer, das hast du falsch verstanden. Nicht jeder kann ein Napoleon oder eine Marilyn Monroe werden. Aber könnte es nicht sein, dass es, sagen wir mal, Evelyn in die Wiege gelegt wurde, eine schlampige Friseuse zu werden, sexy, aber ungeschickt im Umgang mit Männern?

Wir sahen zu Evelyn hinüber. Sie lächelte. So schlampig bin ich nun auch wieder nicht.

War nur ein Beispiel!, rief Frau Neubauer. Muss ja alles überhaupt nicht stimmen.

Es stimmte aber alles, typisch Frau Neubauer.

Ja, könnte sein, sagte Karl, könnte ja alles sein.

Nicht so fatalistisch, bitte!, ermahnte ihn Frau Neubauer. Unser Bild von der Welt, oder sollte ich besser sagen: von den Welten, ist zwar äußerst prekär, doch es gelten immer noch gewisse Grundsätze: Es gibt gute und schlechte Schuster und versalzen ist versalzen.

Frau Neubauer!, meldete Roswitha sich. Was wollen Sie uns denn nun beibringen? Das alles vorherbestimmt ist, oder was?

Das auch, sagte Frau Neubauer. Ihr sollt euch aber vor allem überlegen, wer ihr seid. Es geht um Identität, verstehst du? Wer mit sich selbst identisch ist, lebt glücklicher. Wenn Evelyn sich sagt: Ich bin die schlampige

Friseuse, sexy und ungeschickt im Umgang mit Männern, weiß sie stets, woran sie ist. Das stärkt sie, glaubt mir.

Wir dachten skeptisch nach. Sie meinen also, fragte Robert, es ist vernünftiger, zu seinen Fehlern zu stehen, als sie abzuschaffen?

Die Lehrerin verneinte. Ach Robert, ihr wollt mich missverstehen.

Sie zog ein kleines Taschentuch aus ihrer rechten Rocktasche und tupfte sich damit die Tränen ab.

Wie geht ihr mit mir um?!, rief sie.

Tränen und Blümchen, sagte Dieter.

Wie bitte?, fragte Frau Neubauer.

Auf Ihrem Taschentuch, sagte Dieter und streckte seinen Zeigefinger: Tränen und Blümchen.

Ach so! Sie tupfte nochmal nach und sagte: So, die Stunde ist gleich vorbei. Es ging wie immer auch um die Möglichkeit, aufeinander einzugehen, dem anderen etwas mitzugeben. Ich denke, in diesem Sinne waren wir wieder sehr erfolgreich, auf Wiedersehen!

Ich saß nur da und dachte: Sie macht es einem leicht, für Sicherheit zu sein.

Seltene Freude

Weil ich nicht jeden Tag Kunst machen kann, habe ich heute einen Spaten repariert. Der Stiel war abgebrochen und seine Spitze steckte noch im Schaft, es war nicht einfach und ich musste erfinderischer sein, als an manchen gewöhnlichen Arbeitstagen.

Jetzt ist der Spaten so gut wie neu und meine Frau meinte: Sei froh, dass du nicht alle Menschen liebst, denn wenn sie Wind davon bekämen, was für ein toller Spaten-Reparierer – oder heißt es Reperateur? – du bist, würden sie uns mit ihren kaputten Spaten die Bude einrennen und du machtest alles umsonst wegen der Liebe.

Du übertreibst mal wieder, entgegnete ich. Erstens muss man auch für Leute, die man liebt, nicht alles umsonst machen und zweitens reparieren die meisten Leute ihren Spaten selbst. Vielleicht sind viele in der Beziehung noch begabter als ich.

Mag sein, meinte sie, aber es blieben immer noch jede Menge handwerklich Untalentierte oder schlicht Faule übrig und wenn man einen Menschen liebt, kann man für eine Arbeit kein Geld von ihm verlangen, das wäre sehr verkommen.

Ich suchte nach Gegenbeispielen, fand aber keine überzeugenden. Wir hätten jetzt über den Grad der Liebe sprechen müssen, der es einem unmöglich macht, für eine Arbeit Geld zu nehmen, aber ich wollte mir den Tag als erfolgreicher Handwerker nicht durch eine schwierige Diskussion trüben. Und deshalb freute ich mich zum ersten Mal in meinem Leben darüber, dass ich nicht alle Menschen liebe, mich eingeschlossen natürlich.

Das Bild

Ich hatte einen Elefanten mit blitzenden Äuglein mit Acrylfarben gemalt, sie trocknen schnell. Der Elefant gefiel mir nicht! Seine Haut war viel zu glatt, sein Grau zu bläulich. Ich übermalte ihn und ließ nur die blitzenden Äuglein stehen. Nun lugten sie aus einem roten Hin und Her in eine Welt, die nichts mit ihnen anzufangen wußte.
 Wollt ihr Monsteraugen sein?, fragte ich sie. Sie blitzten nur.
 Ich malte eine Zuckermelone, nicht schlecht, das Grün sah aus wie echt, aber eine Zuckermelone mit blitzenden Äuglein? Nein!
 Ich hatte in letzter Zeit zu viele Sachen gemalt, die es in Wirklichkeit nicht gibt, auch witzige und alberne, ich hatte genug davon! Das sollte ein ernstes, anrührendes Bild werden und diese blitzenden Äuglein waren kein schlechter Anfang. Also weg mit der Melone, blau darüber, weiß darüber: Wolke! Eine Wolke mit blitzenden Äuglein, geht's noch?
 Wenn es anrührend werden soll, wurde mir klar, müssen Menschen oder Tiere auf die Leinwand, hilflose Menschen vielleicht, kleine Kinder oder Alte oder vielleicht sogar ein Heiliger! Der Papst!
 Der Papst ganz in Weiß, mit himmelblauen Faltenschatten, super! Das wäre dann auch leicht und luftig, ein echter Gegenpol zu aller Düsternis, zu allen Abgründen der Zeit!
 Er gelang mir ausgezeichnet! Nicht nur die Kleidung hatte etwas Feines, auch die Hände und sein kluges, gütiges Gesicht! Und dennoch fühlte ich mich unwohl, regte sich mein Gewissen: Der Papst mit blitzenden Elefantenäuglein – ist das nicht Blasphemie? Er war so gut ge-

lungen und ich war hin und hergerissen. Merkt doch niemand, dass das Elefantenäuglein sind, sagte der Teil von mir, dem Religion suspekt und der gern fertig ist, doch ich blieb hart: Ich weiß es, das genügt!

Ich müsste beim Anblick dieses Bildes immer an Elefanten denken. Gibt Schlimmeres, sagte die Ungeduld. Ich übermalte den Papst schwarz, entschiedener ging es nicht! Nun blickten die blitzenden Äuglein aus finsterster Nacht in das künstliche Atelierlicht.

Es war ein schwüler Regentag, ich spürte Müdigkeit.

Immerhin hatte ich schon einen fetten Elefanten, eine riesige Zuckermelone, eine Wolke, den aktuellen Papst Benedikt den 16. und einen halben Quadratmeter Dunkelheit gemalt!

Ich fragte meine Assistentin nach ihrer Ansicht.

Es wäre sicher schön, wenn die blitzenden Äuglein die Blüten einer Blume wären, meinte sie ohne Zögern. Und ein hübscher Junge könnte die Blume einem reizenden Mädchen schenken!

Es soll ein anrührendes Bild werden, meinte ich. Findest du das anrührend?

Sie überlegte.

Und wenn einer von den beiden blind wäre?

Oder beide!, rief ich. Das ist nicht dumm, danke!

Die Müdigkeit war fort, ich legte los!

Nach etwas mehr als zwei Stunden hatte ich unter einem gewittrigen Himmel einen Vorstadtpark gemalt. Vor einer Platane stehend reichte ein blinder, muskulöser, junger Mann einer anmutigen jungen Frau mit kleinen Brüsten in einem hochgeschlossenen gelben T-Shirt zwei rote mohnähnliche Blumen mit den blitzenden Äuglein in deren Blütenmitten. Ich hatte absichtlich aus Opposition gegen die herrschende Mode auf große Brüste und weites Dekolleté verzichtet. Um sicher zu gehen, dass der junge Mann hundertprozentig als Blinder gesehen würde, hatte ich ihm neben der dunklen Brille die blindentypische gelbe Armbinde mit den drei schwarzen Punkten auf den Oberarm gemalt, was rein optisch vor der Camouflage-artigen Platanenrinde äußerst lebendig wirkte.

Gut, sagte meine Assistentin. Gut!

Nur gut?, rief ich und war schon angewidert von der fehlenden Begeisterung. Nur gut?

Ich bin kein Kitschfan, sagte sie mit einem leichten Achselzucken.

Ich mochte ihre frische, freche Art, aber nicht jetzt! Und dann auch noch ·die Achseln zucken! Da schwang doch Mitleid mit! Ich musste mich setzen. Kitsch!

Ich mag Kitsch, sagte ich trotzig. Sie merkte, was sie angerichtet hatte und sagte recht leise: Anrührende Bilder sind immer irgendwie kitschig, oder?

Alleine schon die Sprache!, dachte ich. Immer irgendwie! Dieses elende Ungefähre! Aber frech sein und dummes Zeug reden, ist ein Privileg der Jugend, das will ich ihr nicht nehmen.

An diesem Großmut hielt ich mich fest und sagte: Fertig! Das Bild ist fertig!

Wie heißt es?, fragte sie. Ich sagte über die Schulter: Zwei Augenblicke der Liebe!

Phantasie und Realität

Bei den Ur-Ur-Urmenschen hatte es Saurierrouladen gegeben. Nun lagen alle mit prallen Bäuchen flach und träumten von einem noch besseren Leben, sogar die Kinder.

Draußen vor der Höhle saß der zahme Säbelzahntiger Hancock und dachte sich Sachen aus, die es noch gar nicht gab. Er war so kreativ im Kopf! Gestern hatte er sich eine Gitarre mit zwei Saiten ausgedacht und jetzt gerade ein Viskose-Top für Männer und Frauen. Hätte er nur wie die Menschen sprechen können! So blieb alles pure Phantasie, denn handwerklich war Hancock eine Niete.

Da kam das Rattenweibchen Vanessa angehuscht, um Hancock abzumelken. Er war der letzte seiner Art und wußte ihre sanfte Art zu schätzen. Sie hatte ihre Unratallergien dank Tigersamen in den Griff bekommen. Sie sprachen nie sehr viel, höchstens mal danke, hat gut getan oder ok.

Die anderen Ratten mochten Vanessa nicht, nicht einmal ihre eigene Mutter konnte sich mit der Eigenart ihrer Tochter abfinden und schimpfte immer wieder: Du bist keine richtige Ratte!

Lass mich, Mutter, erwiderte Vanessa jedes Mal: Ich fühl' mich wohl und Hancock ist mein Mann!

Die Mutter schüttelte den Kopf. Krankes Ding! Hoffentlich erwischen dich die Menschen bald oder ein anderes Raubtier, du bist eine Schande für die Schöpfung!

Aber Vanessa ließ sich nicht erwischen. Bis ins hohe Alter blieb die Einzelgängerin dem Tiger treu, der für sie in Gedanken im Winter kleine Rattenschlitten und im Sommer Mini-Tretboote entwarf.

Kurz vor Vanessas Tod fiel ihm sogar für den Fall von Altersschwäche ein Rattenauto ein. Es funktionierte im Prinzip wie später unsere Menschenautos, nur dass er gleich Sonnenenergie als Antrieb vorsah. Sie starb jedoch gewaltsam: Ein Ur-Bussard erspähte sie beim Sonnenbaden am Ufer eines Lilientümpels und flog mit ihr davon. Sonst war sie nie so leichtsinnig gewesen!

Ein junges Rattenmännchen hatte es beobachtet und den anderen erzählt und eine steckte es Hancock. Ja, sagte Hancock traurig, sie hat immer vom Fliegen geträumt. Er fraß die Ratte aus Verzweiflung und dachte sich bis an sein Lebensende friedliche Flugzeuge aus.

Das erste Mal

Als ich letzte Woche im Bushaltehäuschen auf den 144er wartete, saß neben mir Frau Merkel. Sie fragte mich, ob ich sie bei der nächsten Bundestagswahl wählen würde. Ich sagte: Nein.
 Warum nicht?, wollte sie wissen.
 Weil Sie Scheiße aussehn, sagte ich.
 Aber Sie können meine Politik doch nicht nach meinem Aussehen beurteilen. Ihre Vorstellung von Schönheit hat doch gar nichts mit der Gestaltung unseres Landes zu tun.
 Aber sicher, sagte ich. Gott hat den Menschen nach seinem Ebenbild geschaffen. Da liegt es doch nahe, dass der Mensch die Welt nach seinem Ebenbild gestaltet. Und wenn Sie Ihre Gestalt auf unser Land übertragen, kann ich mich nicht mehr damit identifizieren. Als Helmut Kohl das Land regierte, wurde es schwerfällig und unbeweglich wie er selbst. Als Gerhard Schröder regierte, wurde es bemüht, aber erfolglos und jetzt soll es auch noch tapfer hässlich sein? Verstehen Sie, ich möchte jemanden wie Sie nicht täglich in Zeitungen und auf Bildschirmen sehen müssen, das ist ja jetzt schon schlimm genug.
 Frau Merkel schwieg und blickte auf ihre Oberschenkel.
 Sie waren doch in der Wissenschaft, sagte ich. Das war ok. In der Wissenschaft sollen auch Hässliche Karriere machen, aber in der Politik müssen gewisse ästhetische Maßstäbe gelten. Menschen, die in der Öffentlichkeit stehen, dürfen nicht schon durch ihr Äußeres deprimieren. Gerade in unserer Zeit. Das gilt auch für andere Bereiche. Was glauben Sie denn, warum der damalige Bundestrainer Rudi Völler dem damals erfolgreichsten deut-

schen Torschützen Martin Max nicht wirklich eine Chance gab? Zusammen mit dem damals ebenfalls sehr starken Thomas Brdarić hätte das den hässlichsten Sturm der Welt ergeben. Da nimmt man doch lieber den hübschen Klose und den schicken Kuranyi. Das ist nun mal so. Wie wollen Sie mit Ihrem verbitterten Gesichtsausdruck denn positive Zeichen setzen?

Frau Merkel weinte.

Ich sagte: Hören Sie auf! Wer in die Öffentlichkeit geht, muss sich der Kritik aussetzen und sie auch ertragen können. Sonst sind Sie für dieses Geschäft sowieso zu weich.

Ich bin gar nicht Angela Merkel, sagte die Frau. Ich sehe nur so aus und wollte mit Ihnen ins Gespräch kommen, weil ich so einsam bin.

Ich sagte: Oh, das tut mir aber leid. Dann vergessen Sie das alles mal ganz schnell. So übel sehen Sie gar nicht aus. Da kommt der Bus!

Wir stiegen ein und ich setzte mich neben sie.

Machen Sie sowas öfter?

Sie sagte: Nein. Das war das erste Mal.

Das Pferd

Ein Weißkohl war mit seiner Mutter, die den Garten noch nie verlassen hatte, aufs Land hinaus gefahren, um ihr einmal eine Kuh zu zeigen.

Sie standen am Zaun und die Mutter sagte: Schön, so eine Kuh! Sind alle Kühe braun?

Nein, erklärte der Sohn, es gibt auch schwarze und weiße und schwarz-weiße und so weiter, es gibt sie in allen Farben.

Auch in Blau?, fragte die Mutter.

Wahrscheinlich, sagte der Sohn. Ich habe zwar noch keine gesehen, aber was spräche dagegen?

Und die Milch ist immer weiß?, fragte die Mutter.

Milch? Der Sohn hatte das Wort noch nie gehört. Was ist das denn?

Kühe geben Milch, sagte die Mutter, hab' ich mal gehört.

Milch geben ..., murmelte der Sohn nachdenklich. Wie soll das gehn? Er lachte. Da hast du etwas Falsches aufgeschnappt.

Sie blickten schweigend durch den Zaun.

Ich hätte auch gerne so viele Haare am Nacken, sagte die Mutter. Sieht geil aus. Und die am Hintern finde ich auch sehr schick! Aber wir haben ja nicht mal einen Nacken!

Und einen Hintern haben wir auch nicht, sagte der Sohn. Was hast du nur für Wünsche! Dafür bin ich nicht mit dir herausgefahren, damit du solche Sehnsüchte entwickelst!

Ach, Sehnsucht!, seufzte die Mutter. Nun übertreib' mal nicht! Ich fühle mich wohl so rund und glatt, aber man wird wohl noch ein wenig träumen dürfen!

Gut, sagte der Sohn. Nun hast du eine Kuh gesehen, lass uns nach Hause fahren!

Was tut sie denn die ganze Zeit?, fragte die Mutter. Frisst sie das Gras?

Der Sohn nickte. Kühe hassen alles, was grün ist. Sie wollen es vernichten!

Und das Gras?, fragte die Mutter.

Wächst einfach nach, sagte der Sohn. Nun komm schon!

Die Pappel

Eine junge Pappel wollte nach Mexiko auswandern.

Warum denn?, fragte die rosa Lupine neben ihr. Und warum gerade Mexiko?

Ich will mehr Sonne!, rief die Pappel. Das Wetter hier ödet mich an! Und in Mexiko kann ich einen Sombrero aufsetzen, ohne schief angesehen zu werden.

Du bist noch viel zu dünn für einen richtigen Sombrero!, rief eine frühe Rose. Du würdest unter seiner Last zusammenbrechen!

Es gibt ganz moderne Ultraleichtsombreros!, rief die Pappel. Du kennst dich gar nicht aus!

Weißt du überhaupt, wo Mexiko liegt?, fragte der Wacholder. Weißt du, wie weit das ist?

Mit einem Flugzeug kein Problem, meinte die Pappel. Die anderen Pflanzen lachten.

Woher hat sie diesen dummen Optimismus? fragte der Steinbrech den Wacholder.

Die Jugend, sagte der starke Strauch, das muss die Jugend sein!

Und die Pappel, rief eine Frau Anfang 40, die reißt du gleich als erstes raus, die hat hier nichts verloren!

Mach' ich, Mutti!, rief der Junge und packte das Bäumchen unten am Stamm.

Es geht lohos!, rief die junge Pappel. Es geht lohos! Sie zitterte vor Aufregung. Macht's gut, ihr trüben Tassen!

Du auch!, rief die Lupine. Und pass mit dem Tequila auf!

Der Junge riss die Pappel aus und warf sie vor den Häcksler.

Was sich so alles in unserem Garten einpflanzt, sagte er verwundert.

Die Mutter lachte und sah vom Unkrautzupfen hoch: Eine Pappel vor dem Haus! Das hätt' uns bei den Stürmen gerade noch gefehlt!

Der Gefangene

Oma Darling hatte zwei Zentimeter über der Grasnarbe etwas flattern gesehen. Sie bückte sich blitzschnell und hielt es in der Hand: Ein knurrender Schmetterling!

Lass mich los, du alte Fotografie!, rief der Schmetterling. Du ruinierst meine Flügel!

Ich bin keine Fotografie, sagte Oma Darling ganz ruhig. Seid ihr Schmetterlinge alle so dumm?

Sie hörte nur das leise Knurren und ging ins Haus zu Opa Darling. Er saß mit seinem Borussia-Dortmund-Fanschal vor dem ausgeschalteten Fernseher und weinte, so sehr freute er sich auf das Championsleague-Spiel. Seine Frau sah auf die große Küchenuhr.

Noch über zwei Stunden bis zum Anpfiff!, rief sie. Man kann's auch übertreiben!

Opa schwieg.

Sieh' mal!, sagte Oma Darling. Ich habe einen knurrenden Schmetterling gefangen! Sie lauschten beide dem leisen Knurren.

Schmetterlinge, die knurren, beißen nicht!, rief Opa Darling und lachte.

Du ruinierst meine Flügel!, wiederholte der Schmetterling.

Die sind so fett wie Opas Ohrläppchen!, sagte Oma Darling. Denen passiert schon nichts!

Was meinst du?, fragte sie ihren Mann. Habe ich eine neue Schmetterlingsart entdeckt?

Der Opa nickte. Sieht ganz so aus! Wo habt ihr euch bis jetzt herumgetrieben?

Gar nicht, sagte der Schmetterling. Wir sind extrem selten! Alle zehntausend Jahre schlüpft einer von uns aus einem Kieselstein. Wir trinken Vogelblut und machen

Pippi auf dem Mond. Das ist schon alles. Die beiden Menschen sahen sich an. Dann paart ihr euch mit Kieselsteinen?, fragte Oma Darling.

Der Schmetterling schwieg.

Und warum knurrt ihr die ganze Zeit?

Ihr habt Uhren, sagte der Schmetterling. Wir knurren. Wird das Knurren schwächer, wissen wir, dass unsere Zeit bald abgelaufen ist. Lässt du mich jetzt bitte los!?

Eine Sekunde!, rief Oma Darling. Sag' mir nur noch, wie du unsere Sprache gelernt hast.

Durch Zufall, sagte der Schmetterling. Wir lernen alles durch Zufall und alles fliegt uns zu!

Sie warf ihn hoch in die Luft. Er bremste mit dem Rüssel an der Zimmerdecke ab, was in Superzeitlupe atemberaubend ausgesehen hätte und flatterte benommen durch die offene Terrassentür ins Freie. Seine Partnerin pfiff. Der Schmetterling flog zu ihr auf die warmen Dachziegel einer Doppelhaushälfte.

Hat die alte Fotografie dich erwischt?

Ja, sagte der Schmetterling. Ich habe ihr irgendeinen Müll erzählt. Sie hat mich freigelassen!

Immer muss man diesen Menschen irgendwas erzählen, sagte die Partnerin, sonst machen sie dich alle!

So sind sie!, rief der Schmetterling. Sie brauchen Unterhaltung!

Endlich Sonne

Ich möchte nicht, dass mein Herz in irgendeinem Arschloch weiterschlägt, sagt Torben völlig unvermittelt beim schönsten Sonnenbaden.
Jasmina schlägt die Augen auf.
Torben! Was redest du denn da? So ein schöner Tag! Da muss man doch nichts denken!
Ich schon, sagt Torben. Mir ist es nicht egal, bei wem meine Organe landen!
Ach so!, sagt Jasmina. Du redest von Organspenden! Sag' das doch gleich!
Sie schließt die Augen wieder.
Ist doch eine prima Sache, ich weiß nicht, was du hast! Organe haben kein Bewußtsein, sie bekommen gar nicht mit, für wen sie arbeiten.
Und wenn doch?, fragt Torsten.
Jasmina lacht.
Wie soll das gehn? Spürt deine Niere, dass sie jemand bekommt, der dir unsympathisch oder zuwider gewesen wäre? Weint deine Leber im Hedgefonds-Manager? Nun hör' aber mal auf und lass uns das tolle Wetter genießen!
Will ich ja!, ruft Torben. Aber die machen einem mit ihrer Werbekampagne ein total schlechtes Gewissen, verdammt! Man fühlt sich schon als Mörder, nur weil man sich nicht ausschlachten lassen will! Ich bin aber kein Ersatzteillager!
Sei endlich still!, ruft Jasmina. Du bist Raucher! Glaubst du wirklich irgendjemand ist scharf auf Raucherorgane? Mal von der Netzhaut abgesehn.
Torben schweigt.
War nicht so gemeint, sagt Jasmina. Die nehmen sicher auch von Rauchern was, aber wenn sich alles in dir

sträubt, Organe zu spenden, dann lass es einfach! Widerwillige Organe machen bestimmt Probleme. Da ist es besser, man lässt es gleich. Nun mach' die Augen zu und lass uns bitte die Sonne genießen!

Ja, sagt Torben. Aber erst mal eine rauchen!

Schule für Große

Problemkunde

Ich hatte ein Referat über den Sinnstau in hochentwickelten Gesellschaften gehalten, schon hagelte es Kritik. Dann kann die Gesellschaft gar nicht hochentwickelt sein, meinte Svenja, wenn der Sinn sich staut.

Wenn sie viel produziert, hielt ich sofort dagegen, wird auch viel Sinn produziert, ist ja logisch: Wenn es viele Surfbretter gibt, gibt es viele Surfer, die Surfen sinnvoll finden. Wenn es viele Mobiltelefone gibt, gibt es viele Benutzer, die diese Form der Kommunikation sinnvoll finden. Wenn es viele Fußbälle gibt, viele Drogen und so weiter. Jedes Produkt ist mit Sinn verbunden und irgendwann wissen die Menschen nicht mehr, wohin mit dem Sinn, sie rufen Rock, Pop, Hiphop, Zarathustra! Wir sind total beteiligt! Wo ist das frische Geld?

Noch was?, fragte Frau Brandenburger.

Frohsinn, Tiefsinn, Trallala, sagte ich.

Will jemand dazu etwas sagen?, fragte die Lehrerin. Nur Svenja? Ja, bitte.

Er macht sich über Tiefsinn lustig, klagte Svenja.

Und warum sprichst du mich nicht an?, fragte ich. Warum beklagst du dich bei der Lehrerin?

Damit sie dich zurechtweist, sagte Svenja. Das ist nicht meine Aufgabe. Sie kriegt ja Geld dafür.

Aber Svenja, sprach Frau Brandenburger, wir leben in einem freien Land, hier darf sich jeder über Tiefsinn lustig machen, auch wenn's uns beiden nicht gefällt. Was ist denn Tiefsinn, Franz?

Schwere Gedanken, sagte Franz. Über den Tod oder die Seele.

Auch lustige Gedanken können tiefsinnig sein!, rief Linda.

Ach ja?, fragte Frau Brandenburger. Hast du gerade einen parat?

Der Kopf des Menschen ist rund, damit die Gedanken ihre Richtung ändern können, sagte Linda. Das ist von einem Maler, glaube ich. So ähnlich wie Picasso, ich hab's vergessen.

Ja, gut, sagte die Lehrerin, das klingt klug, aber tiefsinnig? Was sagen die anderen?

Traurige Gedanken sind tiefsinniger als lustige, meinte Gerd.

Trübsinniger!, rief Anja. Trübsinniger! Das wird sehr oft verwechselt.

Aber von melancholischen Liedern hat man viel länger was, fand Gregor.

Ich nicht, entgegnete Anja. Nur weil du öfter traurig bist als lustig und deshalb die traurige Musik öfter zu deiner Stimmung passt, sagt das nichts über ihren Wert aus.

Doch!, rief Gregor. Was ich häufiger gebrauchen kann, ist mehr wert als das selten Gebrauchte.

Interessant, fand Frau Brandenburger. Jetzt denken alle über Gegenbeispiele nach, stimmt's? Viele nickten.

Sicher gibt es viele wertvolle Dinge, die man selten benutzt, sagte die Lehrerin. Aber was den Gebrauchswert angeht, hat Gregor Recht: Brot ist wertvoller als Kaviar. So, und jetzt hören wir auf zu diskutieren! Dieses ewige Gequatsche macht uns blass und müde. Wir gehen in den Park und hüpfen den Rest der Stunde.

Nicht alle waren begeistert. Die will doch bloß die Jungs mit ihren dicken Titten verrückt machen, flüsterte mir Svenja zu. Da war was dran. Dennoch zählte es zu Frau Brandenburgers Stärken, rechtzeitig an das Physische zu denken. Die Stimmung wurde jedenfalls von Minute zu Minute besser.

Seltene Spiele

Eine Packung Spaghetti ist aufgestoßen worden. Dann wollen die Kinder lieber Penne. Die Spaghetti bleiben neben dem Herd liegen. Es wird dunkel und sie langweilen sich. Ein Nudel schlägt eine Polonaise vor, die anderen sind begeistert! Toll! Toll! Toll! Eine Spaghetti-Polonaise, das gab's noch nie!

Eine Nudel nach der anderen schiebt sich aus der Packung, fasst die Nudel vor ihr an und ab geht die Post! Sie summen sich die Musik selbst: zuerst zwei Stunden nur AMORE, dann EROS RAMAZOTTI, MINA, ADRIANO CELENTANO, was weiß ich, zum Schluss den Ketchup-Song auf spanisch und den relativ unbekannten Berliner Gassenhauer »Mach hinne, hinne, hinne! Ick steh' auf lange Dünne!« Im Morgengrauen bleiben alle völlig erschöpft liegen und die Menschen wissen sofort, was sich in der Nacht in ihrer Wohnung abgespielt hat.

Schrecklich!, sagt die Mutter. Alle sind auf action aus, sogar die Lebensmittel!

Mit ihrem Mann und den Kindern sammelt sie die Nudeln auf.

Sind die zum Essen zu schmutzig?, fragt der Jüngste.

Der Vater schlägt vor, mit ihnen Mikado zu spielen.

Lasst sie uns lieber im Garten in den Boden stecken! schlägt die Tochter vor. Mal sehen was daraus wird! Sie gehen alle zusammen in den Garten und stecken die Spaghetti in das aufgegebene Gemüsebeet, so dass eine Schlangenlinie entsteht. Die Sonne wird sich freuen, wenn sie nachher stärker scheint: So gerade, feine Nadelschatten wirft sie so gut wie nie!

Der Geldsegen

Ein Schaf war über Nacht zum Millionär geworden, wie, war sein Geheimnis.

Es ließ sich vom Bauern Eberhard in seinem alten, klapprigen Renault ins Dorf fahren und kaufte in der einzigen Boutique einen roten Pullover XXL.

Steht dir gut!, sagte der Bauer. Und jetzt?

Jetzt fahren wir wieder zurück, sagte das Schaf, ich habe alles, was ich wollte!

Du bist Millionär!, rief der Bauer. Du könntest die Boutique leer kaufen! Du könntest die ganze Boutique kaufen oder die Kneipe und die Bäckerei dazu!

Will ich aber nicht!, sagte das Schaf. Du kannst das restliche Geld haben!

Danke!, sagte der Bauer. Ihr Schafe seid echt nette Kerle!

Auch nicht alle, meinte das Schaf.

Die anderen Schafe fanden den Pullover zu knallig. Ich hätte mir einen eierschalenfarbenen gekauft, meinte die beste Freundin des Schafes.

Weiß oder braun?, fragte das Schaf. Es gibt weiße und braune Hühnereier und wenn man alle anderen Vogeleier dazunimmt, gibt es Farben ohne Ende!

Eierschalenfarben!, rief die Freundin. So ein gebrochenes Weiß eben, etwas Dezenteres als dieses Signalrot, das wirkt so angeberisch, regelrecht unnatürlich, wir Schafe sind nicht so!

Du musst es ja nicht tragen, sagte das Schaf und ging an den Flipperautomaten, den der Bauer den Schafen für die langen Winterabende hingestellt hatte.

Schenkst du mir so einen eierschalenfarbenen Pullover?, rief die Freundin.

Frag' den Bauern!, rief das Schaf. Ich habe ihm das Geld gegeben!

Die anderen Schafe trauten ihren Ohren nicht.

Wer sein Geld so leichtfertig herschenkt, meinte ein altes Schaf, der hat es nicht ehrlich verdient!

Die Freundin des Schafes ging zum Bauern und bat ihn um den eierschalenfarbenen Pullover.

Und morgen kommen alle anderen und wollen auch was!, rief der Bauer. Dann fahr' ich ständig nur noch hin und her!

So viele sind wir auch nicht, wandte das Schaf ein.

Siebenundzwanzig, sagte der Bauer.

Sie schwiegen.

Ohne uns wärst du nicht Millionär, sagte das Schaf.

Der Bauer nickte.

Also, gut! Ich komme morgen früh zu euch und notiere eure Wünsche!

Abgemacht!, sagte das Schaf.

Die meisten Schafe wollten Tennissocken, nur vier wollten Pullover, zwei einen Schal und eins wünschte sich eine Feinrippunterwäschegarnitur.

Da passt dein Euter gar nicht rein, Elise!, riefen einige.

Dann hängt es eben daneben!, rief Elise und lachte.

Der Bauer besorgte alles und die Schafe waren superzufrieden. Auch der Bauer war superzufrieden und seine Frau war so superzufrieden, dass sie sich auszog und nackt über die Blumenwiese hüpfte.

Warte!, rief der Bauer. Er zog sich auch rasch aus und hüpfte hinterher.

Geld ist eine tolle Sache, sagte die Freundin zum Schaf.

Und viel Geld ist noch toller, sagte das Schaf.

Man muss aber auch richtig damit umgehen!, lobte das älteste Schaf. Dann ist das Leben cool und relaxed! Das waren die beiden einzigen englischen Worte, die es kannte.

Kommt cool von Kuh?, fragte ein Lamm.

Nein, sagte das älteste Schaf, das glaub' ich nicht, eher von Kuhle, aber weiß man's?

Der Esel Tomboy kam dazu.

Und was wünscht du dir?, fragten die Schafe.

Ein Pony, sagte der Esel.

Abwechslung

Ein großer Idiot und ein kleiner Idiot gingen durch die Wüste.
Der große Idiot hatte ein kleines Kamel und das große Kamel hatte den kleinen Idioten bei sich.
Da tauchten Pyramiden auf.
Was wollt ihr hier?, fragte die erste Pyramide. Unsere Grabkammern wurden schon vor langer, langer Zeit komplett geplündert. Ihr kommt zu spät!
Nur mal gucken, sagte der große Idiot. Wir wollten nur mal gucken, eure Schönheit bewundern und so
Und ihr?, fragte die Pyramide die Kamele. Was wollt ihr?
Schatten, sagte ein Kamel, erstmal Schatten.
Und in der Nacht vielleicht, meinte das andere, an euren Flanken rauf- und runterkraxeln wie Steinböcke.
Von mir aus!, rief die Pyramide. Ist mal was anderes!

Wie es aussieht

In unserem Garten lebt ein Rotkehlchen, das ist mit einem Spatz zusammen.

Was sagen denn die anderen Rotkehlchen dazu?, frage ich.

Hauptsache glücklich, antwortet das Vögelchen.

Aber Kinder, sage ich, könnt ihr nicht haben, ist das kein Problem?

Nein, sagt das Rotkehlchen. Die Aufzucht ist ja doch extrem stressig: Diese langweilige Brüterei, das Futterranschaffen, die Kacke mit dem Schnabel aus dem Nest schmeißen. Das fehlt uns beiden nicht. Und noch mehr Angst vor Elstern, Krähen, Eichelhähern, Eichhörnchen und widerlichen Menschenkindern, nee, nee, das müssen wir nicht haben!

Du wirst also irgendwann sterben, sage ich, ohne deine Gene weitergegeben zu haben, du klinkst dich ganz bewusst aus der Geschichte deiner Art, aus dieser uralten Tradition aus und sagst: Hier ist Schluss für mich, weil ich einen Spatz liebe!

Das Rotkehlchen nickt.

Wieder ein Beweis dafür, wie destruktiv die Liebe sein kann!, sage ich.

Solche Gedanken machen wir Tiere uns nicht, zwitschert der Vogel. Das müssen wir nicht. Wir sind perfekt! Ihr müsst euch noch weiterentwickeln, wir können nicht mehr besser werden! Wenn Tiere überlegen, dann höchstens wie man euch vernichten könnte, manche tun das, die Schweine, Rinder, das Geflügel, ist ja klar, die Heimtiere, die Stubenfliegen, aber auch die Asseln und die Schnecken, da mache ich nicht mit! Ihr werdet euch schon selbst erledigen, da bin ich optimistisch!

Moment mal!, rufe ich. Willst du damit sagen, dass uns alle Tiere hassen und unser Ende herbeisehnen?

Das Rotkehlchen sagt: Ja! Und es erstaunt mich sehr, dass du dich wunderst! Ihr fresst so viele auf, rottet uns aus in eurer Gier nach irgendwas und erwartet von uns Tieren, euch zu mögen. So dumm kann kein Tier sein! Ich muss jetzt weg, ich werde erwartet!

Weg ist das Vögelchen!

Jetzt sehe ich die Tiere anders: Sie würde mich vernichten, wenn sie könnte, denke ich beim Anblick einer Katze und ich bin dankbar für die Winzigkeit der Ameise. Die Umwelt ist noch feindlicher, als wir es dachten. So sieht's aus!

In Asien

Zwei Hundefüße von unterschiedlichen Hunden hatten sich irgendwo in Asien unter unglücklichen Umständen kennen und lieben gelernt. Sie drangen nachts in einen Zen-Garten ein und wollten den Rest ihres Lebens hier verbringen. Geht nicht, sagte ein runder Stein. Ihr stört die Harmonie!

I wo!, rief der größere Fuß, er hieß Big Foot. Wir stören euch nicht! Wir legen uns unter eine Kiefer oder unter einen Rhododendron und sind ganz still.

Wir würden nicht einmal ganze Hunde hier dulden, tot oder lebendig, wir würden nicht einmal einen einzigen schweigenden, heiligen Hund hier dulden, geht jetzt bitte, sonst rufe ich die Zen-Security!

Mach' doch!, riefen die Hundefüße. Die Sicherheitsleute sind bestimmt nicht so borniert wie du!

Ich bin vollkommen, sagte der Stein. Da hat man eben gewisse Ansprüche, in aller Demut, versteht sich!

Da kam auch schon die Zen-Security, ein zwei-Meter-Mönch mit zwei Köpfen!

Ha ha!, lachten die Hundepfoten. Schon flogen sie in hohem Bogen über die dicke Mauer aus dem Garten und landeten beide auf dem Rücken eines Hundes.

Der war mit einem anderen unterwegs und bat ihn: Schau mal bitte auf meinem Rücken nach, da ist etwas gelandet.

Zwei Füße!, rief der andere Hund. Einer für dich, einer für mich!

Sie ließen sich die Pfoten schmecken.

Ich bin immer noch ganz aufgewühlt, sagte der runde Stein am nächsten Tag. Diese frechen Hundefüße waren so eine Zumutung!

Soll ich dich streicheln?, fragte der zweiköpfige Mönch.

Ablecken, sagte der Stein. Ich brauch' jetzt feuchte Wärme!

Der Mönch gehorchte, denn Steine sind die Könige der Zeit.

Der Hit

Beim Überfall auf ein Haushaltswarengeschäft kurz vor Ladenschluß hatte der Gelegenheitsräuber Ronny T. einen kleinen Zaubereimer erbeutet, in den man seine intimsten Wünsche hineinschreien konnte.

Nachdem er bei sich zu Hause eine Stunde geschrien hatte, sagte der Eimer: Sei still, ich bin voll!

Gut, sagte Ronny und setzte sich gerade hin. Er wartete die ganze Nacht. Nichts geschah!

Was ist?!, schrie er im Morgengrauen. Wo sind die geilen Weiber, wo ist die Frau fürs Leben, wo bleibt die Kohle, der Ferrari, der Porsche, der Hubschrauber mit Pilotin und die Rolex und die Villa in der Schweiz?

Die bleiben alle da, wo sie sind!, antwortete der Zaubereimer. Wie sollten sie denn zu dir finden, während du mich anbrüllst und danach stundenlang nur dahockst und im Sitzen schläfst?

Das fragst du mich?, schrie Ronny. Du bist der Zaubereimer!

Aber ich erfülle keine Wünsche, klärte ihn der Eimer auf. In mich passen sehr viele hinein, das hast du ja gemerkt, das ist das Tolle an mir: So einen kleinen Eimer mit einem solchen Fassungsvermögen hat die Welt noch nicht gesehen!

Ronny kamen die Tränen! Da hatte ihn diese Verkäuferin ganz mies reingelegt: Lassen sie doch das bisschen Kleingeld in der Kasse, hatte sie gesagt, und erbeuten sie den Zaubereimer! Und ihre Stimme hatte so gut und so vertrauenswürdig geklungen! So ehrlich! Ronny trat den Eimer fort.

Er flog unter den Küchentisch, rotierte auf dem Fliesenboden und rief: Sie hat es gut mit dir gemeint! Geh' morgen noch mal hin! Sie liebt dich, ihr werdet glücklich!

Ronny hörte auf den Eimer. Die beiden haben jetzt vier Kinder und Ronny verdient sein Geld mit einer Imbisskette, in der als besondere Spezialität eine leckere polnische Buttermilchsuppe in kleinen Eimerchen mit lustigen Spezialöffeln angeboten wird. Sie ist der Hit!

Fernweh

Eine Frau von fast achtzig Jahren, die nicht mehr reisen konnte, hatte einen blauen wolkenlosen Himmel gestrickt und ihn ihrem Mann zu Weihnachten geschenkt.

Er war so groß wie das Wohnzimmer, ca. zwanzig qm und der Mann schlug vor, den Himmel als Teppich zu benutzen. So ein Idiot!

Du Idiot, sagte die Frau leidenschaftslos. Man darf einen Himmel nicht mit Füßen treten, dann stünde die Welt ja Kopf!

Gut, sagte der Mann einsichtig und beschämt. Dann werde ich ihn an die Decke nageln!

Er holte die Tretleiter, einen Hammer und Nägel und nagelte den blauen Himmel an die Decke, schlug sich auch mehrmals auf den Daumen, bis er blutete. Es tropfte auf den Holzfußboden und hörte auch nach mehrmaligem Ablecken nicht auf.

Das kommt von diesen Blutverdünnungspillen, sagte er, als seine Frau ihm Pflaster brachte. Sie sahen zum Himmel hoch.

Fertig!, sagte der Mann. Sieht gut aus! Und Blut hat er zum Glück keins abgekriegt!

Und wenn er uns zu langweilig wird, sagte die Frau, stricke ich weiße Wolken und Mauersegler.

Oder ein Flugzeug, sagte der Mann.

Oder Wildgänse, sagte die Frau.

Natur und Kunst

Ein Weihnachtsbaum hatte einen dreijährigen, prächtigen Philodendron verprügelt, weil er auf dessen Weichheit neidisch war!

Der Natursheriff Jack Woods kam leider zu spät. Der Philodendron war stark beschädigt, er würde lange zur Erholung brauchen, sehr, sehr lange. Der Weihnachtsbaum versuchte zwar zu fliehen, kam aber nur bis zum nächsten Einkaufszentrum, wo Jack Woods ihn stellte.

Mit zwei Beinen wär' ich über alle Berge!, rief er wütend, als der Natursheriff ihn packte und zu Boden warf.

Mit zwei Beinen wärst du kein Weihnachtsbaum, sagte Woods und trat ihm auf die Spitze. Er nahm ihm alle Kugeln ab, Lametta, Engelshaar, zum Schluss die bunte Lichterkette.

Wirst du mir auch noch alle Zweige abhacken?, fragte der Weihnachtsbaum zitternd.

So ist es, sagte Woods.

Er holte seine Akkusäge aus dem Wagen und schnitt dem Weihnachtsbaum die Zweige ab.

Total kahl!, schrie der Weihnachtsbaum. Wirst du jetzt auch noch meinen Stamm in Stücke schneiden?

Nein, sagte der Natursheriff. Ich werde Nägel in dein verdorbenes Holz schlagen und dich da hinten neben dem Parkeingang in den Boden rammen. Dann werde ich die Hundebesitzer bitten, die vollen Hundekotbeutel an den Nägeln aufzuhängen!

Oh, bitte, tu das nicht!, rief der Weihnachtsbaum in seiner Pein. Das halte ich nicht aus, daran werde ich zerbrechen!

Und wenn schon, sagte Jack Woods mitleidslos.

Nach zwei Tagen hingen viele Beutel am Stamm, der

nicht zerbrochen, jedoch aus Scham und Kummer so flexibel geworden war, dass er sich mit der Spitze bis zum Boden bog. Woods machte ein Foto von ihm, nannte ihn Exkrementalbogen und beteiligte sich damit an einem Skulpturenwettbewerb im Internet. Er wurde Achter.

Das Fahrrad und die Sonne

Ein umgefallenes Fahrrad spricht mit der untergehenden Sonne: Du verschwindest einfach, ohne dich um die zu kümmern, die am Boden liegen!

Wie könnte ich dich mit meinen letzten, schwachen Strahlen aufrichten?, fragt die Sonne. Überleg' mal, bitte!

Ich kann nicht überlegen! ruft das Fahrrad. Ich bin ein Fahrrad!

Aber Forderungen stellen!, ruft die Sonne. Das kannst du! Was ist so schlimm daran, als Fahrrad am Boden zu liegen? Irgendwann kommt dein Eigentümer oder sonstwer, richtet dich auf und fährt mit dir wer weiß wohin, nach Miami vielleicht oder nach Kapstadt oder Köln oder Fuerteventura!

Niemand liegt gerne am Boden, sagt das Fahrrad, außer den Steinen natürlich, die singen ja die ganze Zeit: Oh, wie schön ist es am Boden, wir wollen nur mit der Erdkruste kuscheln, nichts anderes, oh Yeah!

Sowas singen die Steine?, wundert sich die Sonne. Klingt nicht sehr musikalisch und ich hab' es noch nie gehört!

Du bist zu weit weg, sagt das Fahrrad. Und du hast keine Ohren!

Du auch nicht!, ruft die Sonne und versinkt.

Wie sähe das denn aus!, denkt sie genervt. Eine Sonne mit Ohren!

Fast wäre sie über diesem Gedanken traurig geworden. Wenn man so ernst und formvollendet ist wie sie, verursacht schon die geringste Vorstellung von Doofheit einen Impuls zum müde werden, doch weil die Sonne auch beim Untergehen immer irgendwo aufgeht, kann sie ihm niemals folgen.

Der Zettel

Als ich aus dem Küchenfenster über die Felder blickte, sah ich am Waldrand ein gelbes Licht. Es bewegte sich von links nach rechts und wieder zurück.

Was ist das?, fragte ich Roswitha.

Außerirdische, antwortete sie, zwei Außerirdische und Jesus.

Nee, sag' mal, meinte ich, jetzt mal im Ernst! Hast du das Licht gesehen?

Seh' ich seit drei, vier Tagen, sagte sie. Und gestern bin ich mit Günther hingefahren, nachmittags. Da steht ein silbernes Raumschiff. Ich habe angeklopft, da hat mir Jesus geöffnet und mich hineingebeten. Drinnen saßen zwei Außerirdische auf gestapelten Schmetterlingen, sie nahmen keine Notiz von mir. Jesus sagte: Sie lösen gerade die großen Rätsel der Menschheit. Sah aber aus, als ob sie dösten.

Und woher weißt du, dass es Jesus war?

Namensschild, sagte Roswitha. Und wie er aussah, wie Jesus eben: Lange Haare, grobes Gewand, barfuß, eindringlicher Blick.

Wundmale?, fragte ich. Nee, sagte Roswitha, auch keine Narben, nichts. Das hat er mir auch gleich gesagt: Such' bitte nicht nach Wundmalen, ich habe keine! Falsche Überlieferung! Die haben damals nur mit Stricken gearbeitet, weil ein Freund von mir sie bestochen hat.

Das hat er echt gesagt? Du spinnst doch!, rief ich.

Wir können ja noch mal hingehen, meinte Roswitha, der war wirklich richtig nett.

Was will er denn?, fragte ich. Alles aufmischen?

Glaub' ich nicht, meinte Roswitha. Also den Eindruck hat er auf mich nicht gemacht!

Ich glaube, der will den beiden anderen nur mal kurz die Erde zeigen, das war so mein Gefühl.

Aber gefragt hast du ihn nicht, oder?

Roswitha schüttelte den Kopf. Ich wollte nicht neugierig erscheinen.

Mensch, Rosy! rief ich. Hör' mal! Da kommt Jesus zurück und du sagst nur Hallo!

Da kann man doch mal nachfragen, als Christ auf jeden Fall!

Du vielleicht, sagte sie etwas pikiert. Ich bin lieber nicht so aufdringlich. Vielleicht ist die Mission geheim, wer weiß? Nachher bring' ich ihn noch in Verlegenheit, nachher muss er lügen oder rumdrucksen, weil ich so neugierig war!

Na, geil!, rief ich. Ich fänd' das super, wenn Jesus wegen mir lügen müsste! Aber das würde der niemals tun! Der hätte dir ganz cool Bescheid gegeben, der ist schließlich selbstbewusst, nicht so wie du!

Woher willst du wissen, wie selbstbewusst Jesus ist?, fragte Roswitha. Kennst du ihn oder ich?

Na, komm!, rief ich. Jemand, der wie er drei Jahre umherzieht und so viel Staub aufwirbelt, dass er sich 2000 Jahre später noch nicht gelegt hat, kann gar nicht schüchtern sein!

Auf mich wirkte er aber schüchtern, sagte Roswitha. Freundlich und schüchtern!

Lass uns hingehn!, sagte ich. Dann werden wir ja sehen. Ich sah aus dem Fenster, das Licht war weg! Das Licht ist weg!, rief ich, komm schnell!

Wir warfen uns die Wintermäntel über und stürmten über den Feldweg zum Waldrand.

Sie sind weg!, sagte Rosy, als wir an die Stelle kamen, wo das Raumschiff geschwebt hatte.

Ich war total enttäuscht! Endlich passiert mal etwas wirklich Aufregendes und dann komme ich eine halbe Stunde zu spät, vielleicht nur fünf Minuten.

Mensch, Rosy!, schimpfte ich. Du bist mir eine! Warum hast du mich gestern nicht sofort angerufen?

Du bist doch Atheist!, rief sie. Ich dachte, Jesus interessiert dich nicht!

Ich trat in einen morschen Baumstamm, dass die Stücke nur so flogen. Mist!

Da entdeckte Rosy einen Zettel! Er schwebte vor einem Eichenstamm. Sie nahm ihn zur Hand und las vor: Liebe Rosy! Sind früher los, als geplant, weil meine Kumpels sich extrem gelangweilt haben. Sie finden menschliche Gehirne primitiv. Du bist nett, mach's gut! Jesus.

Und warum grüßt er Günther nicht?, fragte ich.

Der ist im Auto geblieben, sagte Rosy, der wollte nicht aussteigen, du weißt doch wie er ist. Er möchte niemand kennenlernen.

Der hat dich ganz allein in dieses Raumschiff steigen lassen?, rief ich fassungslos. Und wenn sie dich entführt hätten?

Ich kann Judo, sagte Rosy.

Den Zettel, sagte ich, kannst du versteigern lassen. Der bringt bestimmt 'ne Menge! Ein Zettel von Jesus, mein Gott! Den will der Vatikan!

Bist du naiv!, rief Rosy. Wie soll ich denn beweisen, dass der Zettel von Jesus ist? Es gibt doch nur den einen! Da gibt's nichts zu vergleichen und die Fingerabdrücke sind wertlos. Wenn ich mit dem Zettel und der Geschichte an die Öffentlichkeit gehe, halten mich alle für geisteskrank!

Sie hatte recht. Wir gingen den Weg schweigend zurück. Alle machen Fotos, dachte ich. Sie nicht. Ich trank noch einen Tee mit ihr und dachte auf der Heimfahrt immer wieder: Einmalig, aber wertlos. Einmalig, aber wertlos! Das hörte gar nicht auf!

Die gute Zeit

Eine Rucksacktaube hatte eilige Arzneimittel in ein abgelegenes Dorf gebracht und wollte sich vor dem Rückflug auf dem Ast einer alten Erle noch etwas ausruhen. Da attackierten sie zwei Krähen, die es auf ihren Rucksack abgesehen hatten.

Die Taube flog ein paar Äste höher und rief: Lasst mich in Frieden! Ich kann Killer-Karate und werde euch den Kopf abbeißen und euer Blut trinken, denn einige meiner Vorfahren waren Vampire!

Die Krähen lachten. Los, Rucksack her, du Plaudertasche!

Holt ihn euch!, rief die Taube.

Die Krähen flogen los.

Und dann kam alles so, wie die Taube es vorausgesagt hatte. Sie flog noch einmal in die Erle und blickte von oben auf die ausgesaugten Krähenkörper.

Kämpfen macht mich immer munter, dachte sie vergnügt und wollte schon losfliegen.

Da fiel ihr ein, dass sie blutverschmiert sein musste. Sie sah sich um. Gut! Da vorne floss ein klarer Bach vorbei! Sie flog hinunter und tauchte ihren schlanken Kopf ins kühle Nass.

Einige Stichlinge kamen angeschossen und labten sich am Krähenblut.

Kommst du jetzt regelmäßig?, fragte eins der Fischchen.

Nein, sagte die Taube. Ich bin auf der Durchreise und rein zufällig hier. Ich mache mich frisch, dann bin ich wieder weg, wahrscheinlich für immer.

Ein Neunauge verscheuchte die flitzenden Fischchen und sah die Taube mit großen Augen an.

Was guckst du?, fragte die Taube. Mir ist langweilig, sagte das Neunauge. Hast du irgendetwas für mich? Zum Spielen oder zum Essen?

Moment!, rief die Taube. Bin gleich wieder da!

Sie holte die Krähenköpfe und schenkte sie dem Neunauge.

Danke!, rief es angetan. Und nun?

Jetzt muss ich los!, sagte die Taube. Wünsch' mir einen guten Flug!

Guten Flug!, rief das Neunauge. Die Taube flog los.

Auch so kann es im Tierreich zugehn, gerecht mit ganz viel Goodwill.

Drei Leute

Schade, dass wir nicht gläubig sind, sagte Alexander zu seiner Frau, der schönen Melanie. Dann könnten wir zusammen in den Gottesdienst gehen, vielleicht sogar Hand in Hand.

Tja, is nich, sagte Melanie. Man kann eben nicht alles haben.

Wenn ich mir vorstelle, wie wir zusammen Kirchenlieder singen, also, so aus voller Brust, dann krieg' ich eine Gänsehaut, fast überall, auch auf dem Zahnfleisch!, sagte Alexander.

Ich kann nicht singen, sagte Melanie. Konnt' ich noch nie. Aber wenn wir beide gottesfürchtig wären, würden wir sicher umweltbewusster leben und überhaupt bewusster. Das wäre schön.

Ja, sagte Alexander, es ist ein Jammer. Vielleicht sollten wir uns eine Zeit lang einfach mal wie Gläubige verhalten: In die Kirche gehen, beten, Gott um Vergebung bitten... wer weiß, was dann geschieht? Vielleicht ein Wunder...

Du spinnst!, rief Melanie. Was soll das? Wir können uns nicht selbst belügen! Hör' jetzt bitte auf mit diesem Quatsch und lass uns noch schnell in die City fahren. Ich brauche einige Anti-Aging-Produkte.

Alexander gähnte. Geht das nicht auch morgen noch?

Melanie stampfte wütend auf. Hätte ich bloß meinen Führerschein wieder, ich halt's nicht aus, es ist demütigend!

Noch eine Woche, Liebling, sagte Alexander, die überlebst du auch noch!

Melanie setzte sich an den Küchentisch und starrte in den Garten.

Wenn wir gläubig wären, sagte Alexander, hätten wir mehr Geduld. Dann wärst du nicht so schnell gefahren. Gläubigen ist die Gefahr gewärtig, sie fühlen sich der Schöpfung näher, gehen sensibler mit ihr um.

Kässmann, sagte Melanie.

Gut!, rief Alexander. Da haben wir die Ausnahme von der Regel!

Ich betrüge dich mit Sven, sagte Melanie.

Weiß ich, sagte Alexander. Sven hat es mir gleich nach dem ersten Mal erzählt.

Melanie hatte sich zu Alexander umgedreht und starrte ihn an. Das glaub' ich jetzt nicht!

Wir Männer gehen mit solchen Sachen viel entspannter um, als du denkst, erklärte Alexander. Ich find's nicht toll, aber was soll's? Wenn dir bei mir etwas fehlt, bitte!

Gläubige würden das nicht so entspannt sehen, sagte Melanie. Ein Gläubiger würde mir jetzt fehlende Treue und Ehebruch vorhalten.

Ich liebe dich, fuhr Alexander fort. Ich möchte, dass du alles hast, was dich glücklich macht. Und ich weiß, dass ich sexuell nun mal keine große Nummer bin, Sex hat mich nie so interessiert!

Ach komm!, rief Melanie. Sex interessiert dich schon! Du schaust allen Frauen zwischen die Beine, als wäre da Gott weiß was. Du bist auch zärtlich und phantasievoll, aber...

Ich weiß, sagte Alexander, du brauchst es ganz klassisch und heftig und lange. Das bring' ich einfach nicht.

Wenn ich gläubig wäre, sagte Melanie, könnte ich bestimmt darauf verzichten.

Das sollst du nicht, sagte Alexander. Sven ist mein bester Freund. Er hat Probleme mit Frauen. Sie sagen, er will immer nur das eine. Aber das stimmt nicht, ich kenne ihn schon lange. Er ist eben ein spezieller Typ, im Grunde herzensgut, was soll ich sagen? Er kann sich nur sehr schlecht auf andere einstellen. Er leidet auch darunter, aber er wird sich nie ändern. Wenn er gläubig wäre, könnte er sich selbst vielleicht mehr annehmen.

Er ist gläubig!, rief Melanie. Sag' bloß, das weißt du nicht!? Er hat oft schwerste Gewissensbisse wegen uns beiden, dann kann er manchmal nicht.

Sven gläubig?, rief Alexander. Verarsch' mich bitte nicht. Der glaubt an nichts, noch nie!

Er sagt, er glaubt!, rief Melanie. Auch an ein Leben nach dem Tod!

Schon hatte Alexander Svens Nummer gewählt. Hier Alexander! Sag mal, seit wann, glaubst du an Gott?

Schon immer, antwortete Sven, aber das ist meine Privatsache!

Gott Privatsache!?, rief Alexander entgeistert. Er traute seinen Ohren nicht. Hey, Sven? Bist du's?

Lass mich in Ruhe, sagte Sven. Ich bin sehr gerne mit Melanie zusammen, aber wenn das Ganze in eine Seelenschnüffelei ausartet, mache ich sofort Schluss und dann hast du gar nichts mehr unter Kontrolle! Gar nichts!

Ich wundere mich einfach, sagte Alexander.

Wir kennen uns schon so lange und mir gegenüber hast du nie durchblicken lassen, dass du gläubig bist. Du hast deinen Glauben verleugnet!

Ich lasse mich nicht provozieren!, rief Sven. Das ist meine Glaubensfreiheit, verstehst du? Es muss Bereiche im Leben geben, die nicht öffentlich und nicht verhandelbar sind. Es muss etwas geben, das nicht von unwürdigem Geschwätz beschmutzt und angegriffen wird!

Ja, sicher, sagte Alexander. Warum denn nicht? Das soll es alles geben. Ich wusste nicht, wie religiös du bist.

Jetzt weißt du's, sagte Sven und legte auf.

Wird das eure Freundschaft belasten?, fragte Melanie.

Nein, sagte Alexander. Ich gönn' ihm seinen Glauben. Willst du noch in die Stadt?

Melanie war schon aufgesprungen. Ich mach' mich nur noch frisch!

Ein Hund

Ein Hund hatte beim Joggen eine alte Frau gestreift und davon war sie umgefallen.

Er hatte ihr wieder auf die Beine geholfen und sich drei oder vier Mal entschuldigt, er wollte sie als Wiedergutmachung sogar heiraten, aber die Frau hatte so brüsk abgelehnt, dass der Hund zurückwich.

Niemals!, hatte sie gerufen, niemals, niemals, niemals würde ich einen Köter heiraten und wenn er noch so menschliche Züge hätte!

Gute Züge, flüsterte der Hund. Ich habe gute Züge, das können sie mir glauben!

Und welche?, fragte die Frau. Ich bin absolut ehrlich, sagte der Rüde, der einem Dalmatiner ähnelte. Und ich bin treu und fleißig.

Ha!, lachte die Frau. Wie können Hunde fleißig sein? Beim Ficken?

Was ist das denn?, fragte der Hund.

Weißt du wirklich nicht, was das bedeutet?, fragte die alte Frau.

Der Hund dachte angestrengt nach, jedenfalls tat er so. Ficken..., murmelte er. Nie gehört!

Na egal, meinte die Frau. Ihr Hunde nennt das eben anders.

Was denn?, fragte der Hund.

Was denn, was denn!, rief die Frau. Soll ich dich jetzt aufklären? Soll ich einen Köter aufklären?

Bitte, sagte der Hund. Ich will nicht dumm sterben!

Die Frau erklärte ihm in wenigen, klaren Sätzen die Bedeutung des Wortes und es stellte sich heraus, dass der Hund noch Junghund war, wenn man das so sagen kann.

Wie alt bist du?, fragte die Frau.

Siebzehn, sagte der Hund.

Siebzehn!, rief die Frau, die selbst fast 80 war. Dann bist du ja älter als ich, also, ich meine umgerechnet. Wie fühlst du dich denn so?

Gut, sagte der Hund. Das Joggen hält mich fit, du siehst ja, ich bin rank und schlank!

Bist du ein Dalmatiner?, fragte die Frau.

Birkenhund, sagte der Hund.

Nie gehört, sagte die Frau. Kommst du aus dem Osten?

Ich bin der einzige Birkenhund auf der ganzen Welt!, rief der Hund. Ein wenig Stolz schwang mit, von Traurigkeit getragen. Auch in anderen Galaxien gibt es keinen wie mich!

Das weißt du?, fragte die Frau mit deutlichem Spott.

Ja, weiß ich!, rief der Hund. Ich weiß viel mehr als du und wenn du möchtest, kann ich dir die Seele deines Mannes herbeijaulen!

Die Seele von Otto?!, rief die Frau. Was redest du? Das wär' ja was! Na, mach mal!

Da fing der Hund zu jaulen an.

Schon war die Seele des verstorbenen Gatten der Frau vor Ort, es pfiff wie Mega-Tinnitus! Die Frau hielt sich die Ohren zu.

Johanna!, rief die Seele. Endlich hab' ich dich gefunden, so lange bin ich umhergeirrt!

Bitte, sagte die Frau zum Hund, mach' dass das Pfeifen verschwindet!

Da bellte der Hund siebenmal und es war wieder still.

Machst du immer so leere Versprechungen?, fragte die Frau. Von Seelen schwafeln und dann nur Pfeifen produzieren!?

Tut mir leid, meinte der Hund, dein Otto hat sich so gefreut, dass es nur so pfiff! Da kann ich nichts dafür.

Schon gut, sagte die Frau. Geh' jetzt, bitte! Du bist der anstrengendste Köter, dem ich je begegnet bin. Du bist nicht ohne Grund so selten!

Da wurde der Hund wütend. Er biß der Frau in ihre hässliche Handtasche und verschwand im Gebüsch. Am Abend zeigte die alte Frau ihrem Sohn die Bissspuren.

Ein Birkenhund?, fragte der und lachte. Noch nie gehört. Ich glaube, der Köter hat dich komplett verarscht.

Oh, oh! rief die alte Frau voll Pein. Was gibt das denn so einem Tier?

Der Sohn war, wie wohl jeder Laie, überfragt und sagte wieder einmal: Tja, man steckt nicht drin.

Schule für Große
Ethik-Man

Wir wollen nicht mehr über Gut und Böse reden, sagte unser Klassensprecher Heinz-Willi in unserem Auftrag zum Ethiklehrer Harms. Wir alle wüssten, was gut sei und was böse, bzw. schlecht, wir könnten uns für dieses Thema nicht mehr motivieren.

Von mir aus, sagte der alte Harms, und schrieb böse und schlecht nebeneinander an die Tafel.

Welches Wort fällt euch zu böse ein?

Möse, sagte Elvira. Harms schrieb Möse unter böse.

Und was fällt euch zu schlecht ein?

Geschlecht!, rief Bruno. Harms schrieb Geschlecht unter schlecht und sagte: Ihr seid sexuell aufgeladen! Das ist nicht gut fürs Lernklima! Lasst uns etwas singen! Durch Singen lassen sich aufgestaute sexuelle Energien in schöne Schwingungen verwandeln, wir singen einen Kanon. Der geht so: Fuck you, you bodyeating death! We will more than ignore you!

Er sang ihn vor und behauptete, ihn selbst getextet und komponiert zu haben, mir kam die Melodie jedoch extrem bekannt vor, sie hatte etwas volksliedhaftes und ich überlegte hin und her. Nach einer halben Stunde klang es schon recht gut und Lucy rief, sie hätte eine Erektion.

Klitoris-Erektionen beim Kanonsingen sind nicht ungewöhnlich, sagte Herr Harms, Erektionen überhaupt. Was glaubt ihr denn, wieso der Kanon früher so populär war? Irgendwann ließ die Inbrunst nach, da blieben auch die Erektionen aus und Kanonsingen wurde langweilig und altmodisch. Bedeutet Kanon »kann Onanie ersetzen«?, fragte Ronny. Genau, sagte Herr Harms.

Nach einer Stunde Üben hörte sich unser Kanon richtig gut an und Herr Harms meinte, Johnny Cash hätte ihn bestimmt gecovert, wenn er noch leben würde. Und nun zurück zu unseren Begriffen: Böse ist immer schlecht, aber schlecht nicht immer böse. Seht ihr das auch so?

Alle nickten, bis auf Helga. Technisch gesehen kann böse aber auch sehr gut sein, sagte sie. Denken sie mal an Bomben oder Ballerspiele!

Ja, immer diese Ballerspiele! rief Herr Harms. Aber dieses Fach heißt Ethik, nicht Technik! Wer Hochleistungschips für die Unterhaltungselektronik herstellt, kann sich nicht auch noch mit Moral befassen, wer soll den Aufwand denn bezahlen? Und Waffen können von guten wie von bösen oder schlechten Menschen bedient werden, sie sollten aber funktionieren!

Die der Bösen nicht, sagte Helga und schnitt superdoofe Grimassen, uns allen wurde fast schlecht davon, denn sie sah für Sekundenbruchteile aus wie eine echte Geisteskranke, arme Helga! Das kommt von Naivität! Auch Herrn Harms war die Sache unheimlich peinlich und er wollte die Situation irgendwie abwürgen, erst fiel ihm gar nichts ein. Er stand nur da und starrte in das Universum hinter Helga, dann aber ging ein Ruck durch ihn. Er sagte: Und was für böse und schlecht gilt, müsste auch für die Paarbegriffe gelten, also: Möse ist immer Geschlecht, aber Geschlecht ist nicht immer Möse. Wir staunten, nicht schlecht! Das zeigt mal wieder, rief Herr Harms triumphierend, dass auch im Digitalzeitalter die Macht der Analogie immer noch verzaubern kann!

Wir nickten alle anerkennend, ohne ihn zu verstehen. Auf dem Nachhauseweg sprach ich mit Heinz-Willi aus aktuellem politischen Anlass über Plagiate, und da fiel mir das Lied ein, dessen Melodie Herr Harms für seinen Kanon verwendet hatte. Die erste Zeile hieß: Wer nur den lieben, langen Tag ohne Plag' ohne Arbeit. Den Rest weiß ich bis heute nicht.

Das Nichts am City-Tümpel

Zwei Pfirsichhälften hatten sich zum Buttermilchpicknick am City-Tümpel verabredet und zwei wunderschöne Stunden miteinander verbracht.

Sie lagen auf der dunkelblauen Decke, schauten in den himmelblauen Himmel und gaben den weißen Wolken französische Namen, bis die eine Hälfte, sie hieß Pascal, fragte: Warum ist unser Leben von Kernlosigkeit überschattet?

Die andere Hälfte musste lachen. Sie konnte mit solch tiefgründigen Fragen nichts anfangen und drohte: Ich lass mir gleich die Augenbrauen färben!

Ach Rioja!, seufzte Pascal. Warum kann man mit dir denn nur über Mode und Wetter reden, das Leben besteht doch aus so viel mehr!

Mit Schatten möchte ich nichts zu tun haben!, rief Rioja. Mein Leben ist nicht überschattet und ich vermisse keinen Kern. Hab' ich noch nie!

Aber du hattest einen!, rief Pascal. Und ich hatte auch einen! Vielleicht hatten wir beide sogar denselben! Wir waren feste, frische Früchte! Wir waren jung und hatten Träume!

Ich nicht, sagte Rioja. Ich hatte keine Träume. Ich wollte immer nur gut ausehn und geiles Wetter haben, der Rest ist mir egal. Und nun lass mich bitte weiter diesen herrlichen Tag genießen, du Trantüte!

Von mir aus, sagte Pascal, und drehte sich beleidigt auf den Bauch.

Der Hund eines Veganers kam angelaufen und saugte die Pfirsichhälften ein, er mochte Süßes. Zwei Frösche sahen ihm dabei zu. Sie mochten Hunde wegen ihrer animalischen Ausstrahlung und bellten übermütig.

Hey!, dachte der Bobtailmischling, bellende Frösche!? Das gibt's doch nicht! Er sprang ans Ufer. Ihr bellt?

Wir können alle Tierlaute imitieren, sagte einer der Frösche. Wir miauen, muhen, piepsen, blöken und zwitschern wie die Vögel, alle Arten. Wir schreien wie die Möwen, wenn du willst! Leg' dich hin und schließ die Augen! Du fühlst dich wie am Strand!

Der Hund legte sich hin und schloss die Augen. Die Frösche schrien wie Möwen, täuschend echt!

Das sind Möwen!, dachte der Hund und schlug die Augen auf.

Es waren die Frösche! Was tut ihr in diesem öden Tümpel?, fragte der Hund. Mit einer solchen Begabung könntet ihr schon längst in Las Vegas sein oder wenigstens Superstars auf RTL!

Wissen wir selbst!, sagten die Frösche.

Das Herrchen rief.

Wir leiden unter Heimweh, fuhren die Frösche fort, aber entscheidend ist: Uns fehlt hier nichts, verstehst du, nichts!

Der Hund rannte zu seinem Herrchen und erzählte ihm von den Fröschen. Das Herrchen, ein Witzbold und passionierter Krimifan sagte: Ja ja, ich kenn' die beiden! Sie laichen gern auf Leichen.

Wie eklig!, rief der Hund entsetzt. Ist das auch wahr?

Nein!, rief das Herrchen lustig. Natürlich nicht! Sie laichen ganz normal!

Das kathedralische Gefühl

Ein Dixie-Klo und eine Eiche unterhalten sich bei Sonnenaufgang.

Ich hätte auch gerne so eine Rinde wie du, dann würde ich nicht so auffälig hier 'rumstehn!

Nee danke, sagt die Eiche, nachher werden wir noch verwechselt! Ich möchte nicht von Bauarbeitern angeschissen werden!

Wie ordinär!, denkt das Dixie-Klo. Für wie blöd hältst du Bauarbeiter?, fragt es. Ich habe eine Tür! Ich habe euch Bäume für intelligenter gehalten!

Euch fällen die Menschen nicht, sagt die Eiche. Du hast ein positiveres Bild von ihnen. Für uns sind sie nur dumme Feinde!

Und warum beherrschen sie die Erde?, fragt das Klo. Und warum denken sie sich so tolle Sachen aus wie mich, wenn sie so dumm sind?

Ein mobiles Scheißhaus!, ruft die Eiche. Darauf kommt man leicht, wenn man selbst mobil und scheiße ist! Und lass dir das gesagt sein: Die Sonne beherrscht die Erde und sonst niemand! Sie lässt die Menschen da unten herumwuseln, damit die Viren etwas zu tun haben, die Sonne mag sie.

Es gibt Menschen, damit die Viren beschäftigt sind?, fragt das Dixie-Klo.

Exakt, sagt die Eiche. Die Sonne liebt Vollbeschäftigung! Weil sie die ganze Zeit voll mit sich und ihrem Strahlen beschäftigt ist, meint sie, das wäre auch für andere gut.

Hast du was gegen die Sonne?, fragt das Klo.

Nein, sagt die Eiche, ich sag' nur, wie es ist und ich bin älter als die Sonne, ich kenne mich aus!

Bin ich auch älter als die Sonne?, fragt das Dixie-Klo.

Die Eiche nickt mit allen Ästen. Am Anfang war alles Dixie!, sagt sie feierlich. Und aus Dixie ist alles entstanden, der Sternenstaub, der Kohlenstaub, das Helium, das Wasser, die Eichelhäher, alles!

Auch die Bauarbeiter?, fragt das Klo.

Alles, sagt die Eiche. Auch die Bauherrn und die Architekten sind aus Dixie entstanden und innerlich ist alles blau, genau wie du! Jedes Nanoteilchen ist von innen dixieblau, und dass der Himmel an schönen Tagen blau ist, glaubst du, das wäre Zufall?

Das Dixie-Klo schweigt. Es ist so stolz auf sich und seine Geschichte, es fühlt sich, ich würde sagen, göttlich, wenn das nicht so blasphemisch wäre. Ja, so sind Eichen!

Sie haben das Image des urdeutschen, ultraharten Nutzholzes und das zurecht, aber gleichzeitig sind sie humorvoll und sie besitzen die sozialste Ader aller großen Bäume, wenn's um moderne Nachbarn geht.

Wechseljahre

Gestern spielten Tobi und ich mit Erika Scrabble und irgendwann legte sie das Wort HUND. Dabei sagte sie ganz leise, aber mit einem Nachdruck, der mir nahe ging: Ich verachte die Menschheit.

Zuerst taten wir so, als hätten wir es nicht gehört, wir wollten schließlich spielen und nicht philosophieren oder abkotzen. Tobi legte MOOSIG, ich legte SCHAM, doch dann musste ich doch noch reagieren.

Ich fragte: Erika, warum bist du so unzufrieden mit der Menschheit? Sie hat immerhin die Pyramiden hervorgebracht und Romy Schneider und Senta Berger.

Und Paris Hilton, sagte Tobi.

Halt du dich da mal raus!, rief ich. Du bist den ganzen Tag schon so destruktiv mit deinem bescheuerten Liebeskummer, das hilft uns gar nicht.

Gut, sagte Erika, dann lassen wir die Ägypter und die Wiener mal außer acht, was bleibt dann noch?

Die Ägypter und die Wiener gehören auch zur Menschheit, wandte ich ein. Es klang so lächerlich.

Sie hob das Spielbrett an und ließ die Steine hinunterrutschen. Ich werde nie mehr Scrabble spielen!, rief sie und rannte hinaus in den Garten. Sie sah zum Himmel hoch. Ich möchte endlich mit Außerirdischen Kontakt aufnehmen, sagte sie entschlossen. Ich brauche eine echte Alternative, verstehst du? Sonst dreh' ich durch!

Du solltest wieder Krimis lesen, meinte ich. Solange du Krimis gelesen hast, warst du seelisch ausbalanciert.

Enkel wären auch nicht schlecht! Warum bekommen Lars und Ronja keine Kinder? Sie gehn vielleicht nach England, sagte Erika.

Nun war mir klar, was mit ihr los war! Wenn das einzige Kind ins Ausland will, das muss man erstmal verkraften. Deshalb schlug ich ihr vor, mir beim Kochen behilflich zu sein: Ich habe schöne Schweineschnitzel, die müssten gut geklopft werden. Hast du Lust?

Und ob! sagte Erika.

Sie klopfte die Schnitzel so dünn, dass man überall durchgucken konnte.

Wir hielten uns alle eins vors Gesicht und sahen uns durch die Schnitzel in die Augen. Es war bewegend. Wir hatten noch nie jemals zuvor andere Menschen durch ein Schnitzel angeschaut. Es war eine tiefe, existenzielle Erfahrung, die uns hungrig und durstig machte.

Auch nach dem Essen waren wir uns immer noch so nah, dass ich das Gefühl hatte, wir drei wären die einzigen Überlebenden einer gigantischen Naturkatastrophe. Den beiden kam es auch so vor.

Aber dann machte Tobi, dieser Hornochse, den Fehler, das Szenario durchzuspielen und als er an den Punkt kam, wo er oder ich Erika begatten müssten, um den Fortbestand der Menschheit zu sichern, schlug ihr Alter wie ein Blitz in unsere verschworene Gemeinschaft: Fünfzig!!!

Er versuchte dann die Situation durch den Hinweis auf die Spanierin zu retten, die neulich nach künstlicher Befruchtung mit Siebenundsechzig Zwillinge bekommen hatte, doch da ging Erika schon weg. Mensch, Tobi, sagte ich. Es war so schön!

Die neue Freundin

Nachdem Lorenz Krisch einige unwichtige Dinge mit seiner Ex-Frau besprochen hatte, war er auf der Fahrt zum Friseur rechts rangefahren und aufs Autodach gestiegen, um einen besseren Überblick zu haben. Zufrieden drehte er sich einige Male um die eigene Achse und dachte: Wenn ich eine Echse hätte, könnte ich mich sogar um meine eigene Echse drehen. Immer diese Möglichkeiten! Er genoss die Aussicht und beschloss von einer Sekunde auf die andere, vom Leben unabhängig zu werden.

Eine rundum glückliche, selbständige Stadtschildkröte kam auf dem Weg zu einem Vorsorgetermin beim Tierarzt an Lorenz vorbei und da sie Gedanken lesen konnte, rief sie ihm zu: Sie sollten ihre Unabhängigkeit nicht so hoch hängen, junger Mann!

Ja, klar!, rief Lorenz. Für euch Schildkröten hängt ja fast alles zu hoch! Er sprang in seinem Übermut vom Wagen und trat der netten Schildkröte in den Hintern. Sie rutschte zwölf Meter über die Gehwegplatten und kam erst an einem Ampelmast zum Stehen. Sie machte kehrt und wirbelte Lorenz einige Male durch die Luft. Dabei fiel sein Handy aus der Hosentasche. Sie hob es auf und rief einen Krankenwagen. Dann lehnte sie den benommenen Mann mit dem Rücken an sein Fahrzeug.

Seit wann sind Schildkröten so gewaltbereit?, fragte Lorenz.

Ich war früher Ninja-Turtle, sagte die Schildkröte, ich lass mich nicht verarschen! Mach's gut!

Sie setzte ihren Weg zum Tierarzt fort. Der Krankenwagen kam, doch als die Sanitäter feststellten, dass es Lorenz wieder gut ging, drehten sie das Radio ganz laut auf und tanzten cool und lässig, bis der Fahrer hupte. Sie nickten Lorenz zu. Er sagte: Danke, ihr coolen Säue!

An der Stelle, wo sie getanzt hatten, wölbte sich der Grünstreifen, der Rasen riss auf und eine Freiheitsstatue, die der amerikanischen aufs Haar glich, wuchs innerhalb weniger Minuten empor.

Sie war ca. einsachtzig groß und sagte: Come on, Baby, light my fire!

Lorenz suchte sein Feuerzeug. Er fand es nicht.

Du hast mit dem Rauchen aufgehört, stimmt's?, fragte die Statue. Lorenz nickte.

Sie warf die Fackel ins Gebüsch und setzte sich zu ihm. Kannst du Autofahren?, fragte der Mann.

Die Freiheitsstatue half ihm auf die Beine und bugsierte ihn auf den Beifahrersitz. Sie fuhr los.

Seitdem hat Lorenz eine neue Freundin. Wenn sie gemeinsam durch die Straßen gehen, drehen sich die Leute um und manche denken: Wie gefährlich, mit so einem Strahlenkranz auf dem Kopf herumzulaufen! Manche denken aber auch: Endlich mal ein originelles Bodyguard-Outfit!

Hüttenzauber

Das ist nicht das Karwendelgebirge!, rief Mandy, als wir aus dem Hubschrauber sprangen. Das sieht ganz anders aus! Wir sahen den Piloten an, aber er uns nicht. Der Hubschrauber verschwand und Jogy sagte: Das ist überhaupt kein Gebirge, das sind nur olle Hügel, los, lasst uns die Hütte suchen! Sie soll von einem Wassergraben umgeben sein. Er sah auf seine Uhr, dann zur Sonne und dann zeigte er nach Westen: Da lang.

Hinter dem ersten Hügel fanden wir die Hütte, sie hatte einen popeligen Wassergraben, über den man ohne große Anstrengung springen konnte. Innen sah sie aus wie eine ganz normale Hütte, fand ich. Die anderen beiden meinten, eine mit Alu-Folie ausgeklebte Hütte sei nicht normal, das sei bestimmt eine Drogenhöhle gewesen. Wir setzten uns auf die drei Holzstühle an den Tisch.

Wir können hier nicht übernachten, meinte Jogy gleich. Es gibt hier keine Betten oder Pritschen und auf dem Boden möchte ich nicht schlafen, denn hier gibt es spitze, unterirdische Schlangen, die sich nachts in ihre Opfer bohren und sie aussaugen.

Dann spielen wir eben die ganze Nacht Karten, meinte Mandy. Oder wir wandern, bis wir so müde sind, dass wir auch im Sitzen schlafen können.

Das fand ich gut.

Ich sagte: Mandy, du bist unser Chef, obwohl du's gar nicht sein willst.

Dazu sagte sie erst gar nichts.

Dann kam ein dummer Spruch, so etwas wie »Der Papst ist lesbisch«, also unter aller Kanone. So ist das oft mit ihr. Kaum wird sie gelobt, schon gibt sie einem zu verstehen: Mit mir nicht.

Ich sagte nur: Unser Leben ist in Gefahr, Mandy, und du bringst solche Sprüche. Stell' dir mal vor, gerade jetzt würde dich eine Kugel tödlich treffen, dann wären das eben deine letzten Worte gewesen.

Peinlich, sagte Jogy.

Unser Leben ist nicht in Gefahr, sagte Mandy. Du steigerst dich da in etwas hinein. Warum sollten uns die »Muttertiere« verfolgen und umbringen wollen? Nur weil wir etwas Böses über sie gesagt haben? Dann müssten sie viele andere auch verfolgen, die viel Böses gesagt und getan haben.

Du weißt nicht, wie gefährlich die Muttertiere sind!, rief Jogy. Jeder von uns dreien könnte eins sein, wir alle drei sogar!

Ich nicht, sagte ich gleich. Ich bin kein Muttertier.

Ich auch nicht, sagte Jogy.

Blieb also nur noch Mandy übrig. Wir sahen sie an. Sie wusste, ihr Spiel war zu Ende und sagte, ohne zu zögern: Wenn ihr wollt, bin ich kein Muttertier mehr. Ich muss nur meinen Mitgliedsausweis verbrennen.

Sie warf ihn auf den Tisch.

Keine Mätzchen, sagte ich. Tief im Herzen bist du immer noch ein Muttertier, auch wenn du deinen Ausweis verbrennst, du kannst uns nicht täuschen. Sie verbrannte ihn trotzdem und holte die Spielkarten raus.

Erst essen wir unsere Salamibrote, befahl Jogy, sonst hagelt es nachher wieder Schwächeanfälle.

Sag das noch mal!, rief ich. Das klang so toll!

Was? Schwächeanfälle?, fragte Jogy.

Ja, rief ich begeistert.

Dass du dich derart für Worte begeistern kannst, sagte Mandy. Wie findest du Gefühle?

Manche finde ich auch gut, sagte ich.

Ich habe keinen Bock auf Kartenspiele, meinte Jogy. Von mir aus können wir jetzt sofort loswandern, dann sehen wir sogar noch was.

Wir sprangen alle auf und rannten über den Weg in eine Baumgruppe hinein. Es waren vierzehn Bäume, drei Eichen und elf Birken.

Kommt, rief Mandy, wir fällen sie mit bloßen Händen!

Nein, erwiderte Jogy, du machst hier keine Vorschläge mehr.

Und was schlägst du vor?, fragte ich.

Wir fällen die Bäume mit bloßen Händen, sagte Jogy.

Er ging zu einer Eiche und kraulte sie ganz unten am Stamm. Das Holz kräuselte sich an der Stelle, schäumte auf und schon kippte der Baum in unsere Richtung. Wir waren jedoch schneller als er.

Geschafft! Wir fällten alle Bäume und schauten zum Himmel hoch. Der Vollmond war noch da! Wir zogen unsere Stiefel aus und atmeten sie ruhig und kräftig voll, zogen sie wieder an und trabten vorwärts los.

Links!, rief Jogy, als wir den Weg erreichten.

Wir trabten völlig synchron und berauschten uns komplett an dieser Übereinstimmung, immer schneller trabten wir, bis Mandy irgendwann brüllte:

Wir stampfen zu sehr!

Sie hatte Recht. Wir nahmen das Tempo ein wenig raus, aber wirklich nur ein wenig.

Macht euch leicht!, rief Mandy.

Jogy blieb stehen. Ich fand das Stampfen großartig! keuchte er. Wir waren wie eine Maschine.

Auch Jogy hatte Recht. Wir waren durch den Wald gestampft wie eine dreimotorige Nachtmaschine. Es war toll gewesen.

Lasst uns zur Hütte zurückgehn, sagte ich, als neben Mandy etwas auf den sandigen Weg knallte.

Es war eine Eule. Nun schlug auch neben mir eine ein.

In Deckung!, rief Jogy.

Wir sprangen in die hohen Brombeerbüsche. Links und rechts neben mir schlugen weitere Eulen ein. Mandy wurde von einer am Arm getroffen. Sie weinte auch sofort drauflos, aber mehr aus Schreck. Das machte uns nervös.

Reiß dich zusammen, Mandy!, schrie Jogy, bis jetzt ist noch gar nichts Schlimmes passiert. Wir sind alle unverletzt.

Der Eulenhagel ebbte ab, eine letzte fiel mir auf den rechten Fuß, die hatte keine Wucht mehr.

Der Angriff ist vorbei, flüsterte Jogy.

Die Eulen sind alle tot, sagte Mandy. Arme Tiere!

Mandy!, sagte ich, das sind Kampfeulen! Mit denen müssen wir kein Mitleid haben.

Nein, sagte Mandy. Das sind keine Kampfeulen. Das sind ganz normale Schleiereulen, die jemand von oben auf uns abgefeuert hat.

Arme Tiere, sagte ich. Was machen wir mit ihnen? Wisst ihr, wie Eulen schmecken?

Wir rühren keine an, befahl Jogy. Sie könnten vergiftet sein.

Wir gingen zurück zur Hütte. Zweimal schlugen Rehe in einiger Entfernung neben uns ein, doch sonst blieb alles ruhig.

Wenn so ein Reh unsere Hütte trifft, sind wir auch in ihr nicht sicher, meinte Mandy.

Absolute Sicherheit gibt es nirgendwo, sagte Jogy. Und ich habe mich schon so an diese verdammte Hütte gewöhnt, ich hab schon Heimweh!

Entsetzt sah ich ihn an. Du hast Gefühle für eine verrottete, mit Alu-Folie ausgekleidete Hütte?

Das ganze Ausmaß seiner emotionalen Verkorkstheit stand uns mit einem Mal vor Augen. Wir zitterten.

Aber ist Heimweh nicht auch ein gutes Gefühl?, fragte Mandy.

Da krachte ein kapitaler Hirsch auf das morsche Teil. Wir huschten hinter eine mächtige Buche und verhielten uns ganz still. Es dämmerte.

Ich würde das Geweih gerne mitnehmen, sagte Mandy.

Warte, bis es hell ist, sagte ich. Dann ist mir wohler.

Die Sonne ging auf und kurz vor acht gingen wir selbstbewusst und äußerst angespannt und aufmerksam zu dem Trümmerhaufen. Mandy schnitt dem Hirsch mit ihrem Schweizer Messer den Kopf ab. Es war mühsam, aber es ging. Jogy und ich nahmen die Trophäe an den Geweihenden in unsere Mitte. So gingen wir zum Landeplatz. Der Mond war da. Wir drehten uns zu ihm und atmeten sein Licht.

Punkt neun kam der Euphoriebus anstelle des Hubschraubers. Nun waren wir sicher, uns nicht im Karwendelgebirge zu befinden.

Versaut die Sitze nicht!, sagte die Fahrerin mit Blick auf unseren 19-Ender.

Sie holte eine große Aldi Tüte aus einem Fach und gab sie uns. Wir steckten den Hirschhals in die Tüte und Jogy zog seinen Hosengürtel aus und band ihn fest um Hals und Tüte.

Von mir aus könnt ihr ihn an den Rückspiegel hängen, sagte die Fahrerin und hatte gleich eine Rolle Nylonschnur zur Hand.

Wir befestigten den Kopf am Rückspiegel und ließen uns dermaßen heiter auf die Rückbank fallen, dass Mandy jodelte. Sie konnte nicht jodeln und es hörte sich jämmerlich an. Der Bus fuhr los. Mandy jodelte immer noch, bis Jogy sagte: Bitte, Mandy! Bei aller Euphorie, ganz ohne Technik geht es nicht!

Dann sangen wir, wie immer nach einem Abenteuer, unsere Hymne: Wir sind vom Vollmond begleitet.

Schule für Große

Kunst

Heute hatten wir Kunst, aber keine Kraft zum Kreativsein. Lisa sagte es Frau Stotz. Sie hatte Verständnis. Ich weiß, sagte sie, der Winter ist lang und die Tage sind kurz und dunkel. Dann machen wir heute mal halblang und unterhalten uns ein bisschen. Sie überlegte.

Vielleicht stellt ihr euch heute mal vor, wie es wäre, Künstler zu sein! Wenn ihr Künstler oder Künstlerin wärt, könntet ihr nicht einfach sagen, ach, heut' hab' ich keine Kraft. Ihr müsstet kreativ sein, egal wie lang der Winter ist!

Ich würde nichts machen!, rief Angela. Das ist doch die künstlerische Freiheit, dass man nichts tun muss, wenn man nicht will.

Sehen das alle so!, fragte Frau Stotz.

Künstler sind oft Getriebene, meinte Ansgar. Die machen was, obwohl sie gar nichts richtig können, obwohl sie müde sind oder sogar seelisch krank! Die fragen nicht, wie geht es mir denn heute, die fangen einfach an!

Blödsinn!, rief Erich. Was hast du denn für ein verdrehtes Bild vom Künstler? Du kennst wohl nur die Kranken! Die meisten Künstler haben ihren Beruf gelernt, das sind ganz normale Leute mit Disziplin und Fleiß und manche haben sogar einen ausgeprägten Geschäftssinn. Die sind dann in der Regel auch erfolgreich.

Das sind doch keine Künstler!, rief Ansgar aufgeregt. Jedenfalls keine echten! Echte Künstler können nicht normal sein, sie arbeiten eruptiv, nicht wie Beamte!

Langsam, langsam!, rief Frau Stotz. Da geht mir zu viel durcheinander! Vielleicht erzählt ihr zuerst, welche Art von Kunst ihr machen würdet: Ernste? Leichte? Schöne oder Kritische oder kritische Schöne? Ja, Bernd?

Auf jeden Fall ganz schöne, meinte Bernd. Kunst soll das Leben schöner machen. Ich würde Blumenbilder malen, in Öl und tolle Aquarelle mit phantastischen Verläufen, dass die Leute sich ans Herz fassen und rufen: Ist das schön, mein Gott! Das könnte ich nie!

Ich würde auch ganz schöne Menschen malen, sagte Gabriele, aber immer angezogen, das gefällt mir besser als fleischfarbene Körper!

Mir nicht!, rief Maik. Ich würde nur nackte Frauen mit riesigen Brüsten malen, die vor leeren, ölverschmierten Küsten stehen und den Betrachter mit bohrenden Blicken verzweifelt anschauen, ich mag kritische Kunst!

Und Möwen?, fragte Lisa. Würdest du auch Möwen malen?

In der Ferne vielleicht, sagte Maik. Ein bisschen Poesie muss sein, fand Karl. Und auch das Rätselhafte ist mir wichtig, so eine Seltsamkeit. Das gibt es gar nicht, sagte Ansgar, Seltsamkeit...

Doch, doch!, rief Frau Stotz. Es klingt ein wenig seltsam, aber das Wort Seltsamkeit gibt es. Ich muss sagen, ihr habt mich überrascht! Eure Ansprüche an die Kunst sind größer, als ich dachte.

Nach dem zu urteilen, was ihr in unserem Unterricht anfertigt, hätte ich gedacht, was Nettes, Buntes an die Wand und basta, das wäre euer Niveau! Warum gebt ihr euch in der Schule so wenig Mühe?

Frau Stotz!, stöhnte Rita. Wir haben Kunst am Freitag in den letzten Stunden! Da sind wir müde und kaputt und freuen uns aufs Wochenende! Da fehlt die Inspiration! Kunst ohne Inspiration ist irre anstrengend!

Na, na, sagte Frau Stotz. Nun wollen wir die Inspiration mal nicht überbewerten! Habt ihr denn Lieblingskunstwerke? Bilder, Bücher, Musik, Skulpturen?

Pink finde ich am besten, sagte Bernd. Die kann großartig singen und auch am Seil turnen. Sie hat einen tollen Körper, die ist schon ein Gesamtkunstwerk!

Und mir gefällt ein Pferdeposter immer noch am besten, sagte Rita. Es zeigt den steigenden Hengst BLACK BULLET vor einem Sonnenuntergang, es ist perfekt, viel besser als die Mona Lisa mit ihrem verkniffenen Lächeln!

Tanja, sagte Frau Stotz. Was ist mit dir?

Ich finde Golfplätze am schönsten, sagte Tanja. Alle Schüler lachten.

Sind Golfplätze Kunstwerke?, fragte Frau Stotz.

Schön sind sie, sagte Angela. Und sauber und übersichtlich. Viele Kunstwerke sind so. Und teuer ist ein Golfplatz auch.

Aber ergreifend ist er nicht!, rief Bernd.

Nun, meinte Frau Stotz, ein Kunstwerk kann alles sein. Das eine verzaubert durch Klarheit und nüchterne Kühle, das andere durch schwüle hyperrealistische Mehrdeutigkeit, Kunst kann so viel leisten! Merkt euch das fürs nächste Mal, da könnt ihr euch mal richtig austoben, da gebe ich einen Titel oder ein Thema vor und ihr habt alle Freiheiten!

Wissen sie den Titel schon?, fragte Lisa. Die Lehrerin nickte.

Der Versöhnungsfick, sagte sie schnell und verschwand. Wir sahen uns an. Hatte sie wirklich Versöhnungsfick gesagt? Und warum war sie so schnell verschwunden, war es ihr nur so rausgerutscht? Wir wussten, dass sie was mit Dr. Kanold hatte und Ansgar meinte, immer öfter brächten Leute ihre Privatprobleme mit in den Beruf und daran seien auch die ganzen Kriminalfilme schuld, in denen Kommissare Privatprobleme hätten und Beziehungsstress. Er überschätzt die Vorbildfunktion der Medien, finde ich. Und deshalb sagte ich ihm heute: Ansgar, hör' endlich auf damit, die Leute wären auch ohne Medien so!

Licht und Liebe

Die beiden Verliebten Chloe und Matthias standen auf dem Balkon und sahen zu den Sternen hoch.

Das Licht von manchen Sternen ist schon ewig unterwegs, sagte Chloe so sanft und zärtlich, als sei sie auch ins Licht verliebt. Matthias nickte versonnen. Wir sind so gut zueinander, sagte er, wir sind so glücklich, doch da draußen toben schlimme Kämpfe. Ach, wär' doch Frieden auf der Welt!

Du solltest jetzt nicht an die Welt denken, meinte Chloe. Die ist so wie sie ist. Wir sind verliebt, das sollte alle Ängste bannen, wenigstens für diese Nacht!

Ich bin nicht ängstlich, sagte Matthias. Aber selbst im größten Glück huschen meine Gedanken in finstere Ecken, ist nun mal so!

Wird schon werden, sagte Chloe.

Was meinst du, fragte Matthias, wenn Außerirdische uns in dieser Nacht attackierten, würden alle Menschen gegen den Aggressor zusammenhalten? Würden Amerikaner und Chinesen, Taliban und Bayern, Tibetaner und Uckermärker auf einer Seite stehen?

Keine Ahnung, sagte Chloe. Hinge vermutlich davon ab, ob die Außerirdischen Moslems oder Christen wären. Sind Aliens religiös?

Ich weiß nicht, sagte Matthias. Manchmal träume ich vom Garten der Religionen: Buddha buddelt, Jesus jätet, Mohammed mäht. Aber niemand kann behaupten, dass solche Träume universelle Strukturen offenbaren, dass wäre reine Spekulation.

Chloe drückte ihn fester an sich. Und wenn die Außerirdischen alle aussähen wie der Umweltminister Altmaier?, fragte Matthias. Wenn wie aus dem Nichts plötzlich neben jedem Menschen einer wie Altmaier auftauchen und uns unterhaken würde, um uns in die unendlichen Weiten des Weltalls zu entführen?

Matthias!, rief Chloe. Was ist denn mit dir los? Wir stehen hier total verliebt unter diesem phantastischen Sternenhimmel in Sri Lanka und du hast solche dämlichen Phantasien! Komm zu dir!

Schon passiert, sagte Matthias. Alles ok. Du musst dir keine Sorgen machen, das war nur meine Migränetherapie! Ich spürte deutlich diesen gewissen Anfangsschmerz, wahrscheinlich weil ich den Kopf zu lange im Nacken hatte. Für diesen Fall riet mir meine Ärztin zu dämlichen Phantasien, sie wirken sehr entspannend.

Warum hast du mir nicht früher gesagt, dass du ein Migränetyp bist?, rief Chloe.

Ich wollte dich nicht verlieren, sagte Matthias. Ich weiß ja, dass du Migränetypen nicht ausstehen kannst!

Was heißt nicht ausstehen?, schrie Chloe Ich hasse sie, ich hasse sie! Und ich will keinen mehr zum Mann, ich hatte zwei, mir reicht's! Sie ging hinein. Der Urlaub war vorbei, die Liebe auch.

Wie geht das?, fragte Matthias seinen Freund Otto Wochen später. Sie liebt mich plötzlich nicht mehr, weil ich hin und wieder Migräne habe. Als wär' ich ein Konsumartikel, den man zurückgibt, weil er Mängel hat. Ist das nicht herzlos?

Manche sind so, sagte Otto. Ist aber möglicherweise gar nicht mal so unnatürlich.

Wie bitte!?, rief Matthias. Wie soll ich das verstehen?

Mein Gott!, rief Otto. Was gibt's da zu verstehn? Wenn Frauen Migränetypen meiden, tun sie was gegen Migräne, oder? Sie rotten sie langfristig aus. Er lachte. Sollte ein Witz sein, Alter!

Matthias sagte nichts. Er ging ans Fenster, sah zu den Sternen hoch und fragte sich, ob Licht auch müde werden kann.

In der Wildnis

Wir hatten den ganzen Tag geschuftet und als wir abends am Lagerfeuer sitzen, kommt dieses kleine unsympathische Arschloch, das uns den halben Tag vom Hügel gegenüber aus beobachtet hat und will von unserem Fleisch und Wodka nehmen. Kurt hat ihm gleich die Fresse poliert, da ist er wieder weg.

Kinder, sagte der alte Joe, nicht nur die Leistung ist ein Wert, auch der Mensch an sich. Ruft ihn zurück und gebt ihm etwas ab!

Macht dich der Alkohol so weise?, fragte Monika.

Wir lachten.

Der hat ja nicht einmal gelächelt, sagte ich. Der hat auch keine Mundharmonika.

Manche haben nichts zum Tauschen, sagte Joe.

Du gehst mir mit deiner Rechtschaffenheit auf den Sack!, rief Louis. Wir sind nicht so christlich wie du, wir alle nicht! Was treibt der sich hier rum?

Hättet ihr ihm etwas abgegeben, wenn er eine Frau oder ein zutrauliches, putziges Tier gewesen wäre?, fragte Monika.

Immer müsst ihr das Leben verkomplizieren, sagte Kurt und sah zum Sternenhimmel hoch. Wir Menschen sind eine große Familie, einsam und verloren im riesigen All! Wir müssen zusammenhalten! Wir gehören zusammen und alle Rassen und Religionen sollen sich respektieren und auf Gewalt verzichten!

Und was machst du?, fragte ich. Haust einem Fremden eine rein!

Ja, sagte Kurt. Tut mir leid. Es sind die Nerven! Wir schürfen nun schon seit vier Wochen in dieser brüllenden Hitze und was haben wir gefunden?

Ein Goldkettchen, sagte Joe. Auf dem steht Sarah-Jane. Wir brauchen mehr Geduld.

Am nächsten Abend tauchte der Junge wieder auf. Er blieb in sicherer Entfernung stehen, Kurt holte ihn ans Lagerfeuer. Er aß und trank und kam am nächsten Morgen wieder. Er führte uns an eine Stelle auf der anderen Seite des Berges, an der wir reichlich fündig wurden.

So ein primitives Märchen!, riefen die jungen Leute, denen ich Jahre später davon erzählte.

Ja, sagte ich, es hat mich reich gemacht!

Mensch und Natur

Ein Rudel Raubtauben saß in einer Baumkrone und lauerte auf Opfer.

Der Rentner Harro Frölich stellte gerade die gelbe Mülltonne an die Straße, da griffen sie ihn an.

Harro, der alte Kickboxer, machte kurzen Prozess. Die Federn flogen durch die Luft, es machte pad, pad, pad, pad, pad, pad – da lagen die aggressiven Vögel nebeneinander auf dem Bürgersteig, bewegungsunfähig, aber bei vollem Bewußtsein.

Was soll ich mit euch machen?, fragte Harro. Euch aufessen?

Nein!, stöhnten die Raubtauben. Tu das nicht, das war ein Missverständnis! Wir haben deine gelbe Tonne für einen fetten Asiaten gehalten, deshalb.

So kompakte Asiaten gibt es nicht, sagte Harro. Ihr wollt euch rausreden, feiges Pack!

Aber bevor du uns essen kannst, musst du uns rupfen!, rief eine der Tauben. Die Arbeit willst du dir sicher nicht antun, so ein cooler Kämpfer tut sich das nicht an!

Stimmt!, rief Harro. Ich wollte euch nur eine Lektion erteilen. In fünf Minuten könnt ihr wieder aufstehen und wegfliegen und merkt euch das. Greift nie die Falschen an!

Die Tauben nickten so gut es ging und Harro ging ins Haus.

Fünf Minuten später hockten die Tauben wieder in der Baumkrone.

Gibt es eigentlich so fette gelbe Tiere?, fragte eine Jungtaube. Alle überlegten.

Nee, sagte die Taubenälteste, nicht dass ich wüsste. Wär' aber geil, genauso Tiere wie die Mülltonne!

Die könnten nicht weg, die stünden nur da, randvoll mit fettesten Organen! Und man bräuchte nur den Deckel hochzuklappen, um alles rauszunehmen! Alle schnalzten und schmatzten.

Hört auf!, rief eine andere Taube. Das wäre unnatürlich! Wir würden übergewichtig und flugunfähig werden und selber leichte Beute!

Alle nickten einsichtig und gurrten zustimmend.

Solche Wunschvorstellungen, sagte die Älteste schließlich, darf man haben. Aber es sind kranke Phantasien, oder sollte ich besser sagen: Lustige Phantasien?

Ja, ja!, riefen die anderen. Lustig gefällt uns besser!

Da hinten!, rief die Älteste. Ein lustiges Eichhörnchen!

Der Schlichter

Ein Workaholic-Molekül hatte sich im Wald verlaufen. Es fragte ein Rehatom nach dem Weg.

Das Rehatom nahm das Workaholic-Molekül in den Schwitzkasten und schrie: Sag' mir wie du heißt, sag' mir wie du heißt!

Ich habe keinen Namen, sagte das Molekül, lass mich bitte los! Du tust mir weh mit deinen ekligen muskulösen Ärmchen!

Das sind meine Kampfpenisse, du Dummkopf!, rief das Rehatom und würgte das Workaholic-Molekül noch fester.

Ich muss kotzen!, röchelte das Molekül. Lass mich endlich los! Das Rehatom hatte noch nie ein kotzendes Molekül gesehen und war supergespannt.

Goldklümpchen!, rief es. Du hast Goldklümpchen gekotzt! Ich bin reich!

Es ließ das Workaholic-Molekül los und wollte die Nuggets einsacken.

Das sind meine!, rief das Molekül und schubste das Atom auf einen morschen Hochsitz, wo ein Jägerskelett in den Himmel starrte.

Du hast sie ausgekotzt!, schrie das Atom vom Knie des Jägers aus nach unten. Was man auskotzt, gehört der ganzen Welt, oder dem, der es als erster sieht!

Hört auf zu streiten!, knurrte das Jägerskelett. Stört nicht die Waldesruh'! Teilt die Scheißklümpchen gerecht zu gleichen Teilen, sonst rufe ich die Wildschweine, die fressen alles auf! Euch auch!

Das Workaholic-Molekül und das Rehatom wunderten sich sehr über das lebhafte Skelett, sie hatten beide Angst. Sie teilten so gerecht wie möglich.

Und nun?, fragte das Jägerskelett. Was macht ihr damit?

Anschaun!, rief das Rehatom. Es schimmert so schön!

Und während sie so beieinander standen und das Gold bewunderten, kam ein Dachs angeschnüffelt und fraß das Gold, das Workaholic-Molekül und das Rehatom. Das Jägerskelett lachte und stieg vom Hochsitz. Es besuchte zuerst das Rehskelett und dann das Workaholicskelett, sah sie wie immer lange an und fragte auch wie immer: Weißt du, was mir am besten gefällt?

Und die Skelette antworteten wie immer: Die Rippen. Wegen der schönen Rundungen!

Freut mich, sagte das Jägerskelett, wenn jemand weiß, was mir gefällt!

Dann stieg es wieder auf den Hochsitz, um den Sternen näher zu sein.

Betty und Steve

Was ist eigentlich Gotteslästerung?, fragte Steve seine Freundin Betty.

Steve, seufzte Betty, du bist fast dreiundzwanzig! Da sollte man so etwas wissen, findest du nicht?

Weiß ich ja ungefähr, meinte Steve, aber eben nicht hundertprozentig. Wenn man über Gott lästert, klar! Wenn man sagt, Gott ist ein ... Er zählte einige derbe, ordinäre Ausdrücke auf. Aber wenn man behauptet, Gott sei tot, ist das dann auch Gotteslästerung?

Kommt darauf an, meinte Betty. Wenn Gott tot ist, dann ist es nur die Wahrheit. Aber wenn er noch lebt, ist es gelogen. Und dann, ich weiß nicht ... Seit wann beschäftigst du dich mit solchen Fragen?

Seit gestern, sagte Steve. Ich bin religiös geworden!

Sag' bloß, du glaubst jetzt an Gott!, rief Betty.

Nein, sagte Steve. Das nicht! Aber ich möchte nicht in dieser ganzen verdorbenen Banalität versinken! Ich möchte auch etwas anbeten! Er schwieg voller Begeisterung.

Und woran hast du gedacht?, fragte Betty. An die Natur, den Kosmos? Die Sonne?

An dich, Betty! rief Steve. Er strahlte. Ich bete dich an, Betty!

Steve, bitte, flüsterte Betty und sah sich um. Sie saßen zwar allein auf einer Bank am Waldrand, es war ihr dennoch etwas peinlich. Bitte, reiß dich zusammen! Ich bin keine Göttin! Ich bin eine ganz normale Frau! Mein Becken ist zu breit, meine Beine sind zu kurz, mein Busen ist zu klein! Du darfst mich gerne anbeten, aber das hat nichts mit Religion zu tun, vielleicht mit Liebe, ich weiß nicht. Du kommst auf Sachen!

Und du?, fragte Steve enttäuscht. Du betest mich also nicht an?

Also Steve!, empörte sich Betty. Liebe funktioniert nicht als Religionsersatz! Kapier' das endlich!

Dann bin ich also gar nicht religiös geworden?, fragte Steve.

Nein!, rief Betty. Du bist durcheinander, das ist alles! Die Verkommenheit einiger Existenzen widert dich an, du möchtest ihr etwas Großartiges, Bleibendes, vielleicht auch Heiliges entgegensetzen, das ist der religiöse Ur-Impuls, sagt meine Mutter. Das ist im Grunde etwas sehr Schönes!

Wie intelligent du bist!, sagte Steve. Und wie klar das alles für dich ist! Darf ich dich nicht wenigstens bewundern?

Bewundern ist ok, meinte Betty. Wer möchte nicht bewundert werden?!

Und was bewunderst du an mir?, fragte Steve.

Alles, sagte Betty.

Auch meine Kniescheiben, fragte Steve lächelnd.

Ja!, rief Betty. Alle Knochen, alle!

Pech

Grazia hatte im Kleiderschrank unter einer alten Diesel Jeans einen fetten Glückskäfer entdeckt. Er war so dick wie eine Faust und glänzend schwarz mit rosa Punkten. Er bat um etwas Sherry.

Sherry?, fragte Grazia. Habe ich nicht im Haus.

Ganz schlecht, sagte der Käfer, dann mach' ich's nicht mehr lang.

Die junge Frau rief: Nein! Das kannst du mir nicht antun! Da finde ich mal einen Glückskäfer und dann kratzt er gleich ab! Was ist mit Whiskey?

Zur Not, röchelte der Käfer, aber schnell, schnell!

Grazia rannte ins Wohnzimmer und war schon wieder da.

Setz' mich auf die Fensterbank, flüsterte der Glückskäfer, und gieße bitte einen Tropfen vor mir aus! Grazia machte es genau so. Gemächlich schlabberte der Käfer den Tropfen weg.

Danke, Grazia!, rief er. Das war knapp!

Du hast den Whiskey überhaupt nicht gierig eingesogen, meinte Grazia. Das hatte sehr viel Würde!

Ich bin ja auch kein Alkoholiker, sagte der Glückskäfer. Es ist wegen des Herzens.

Du brauchst den Alkohol für dein Herz?, wunderte sich die junge Frau.

Ist so, sagte der Glückskäfer. Aber frag' mich bitte nicht warum oder nach medizinischen Details, ich habe keine Ahnung! Das ist bei uns Glückskäfern nun einmal so. Wir haben's alle mit dem Herzen und wir sind alle kastriert.

Grazia erschrak. Ihr seid alle kastriert?

Alle, sagte der Glückskäfer. Ist doch logisch. Glaubst

du, wir würden uns naturbelassen so intensiv um euer Glück kümmern?

Ich weiß nicht, flüsterte Grazia bestürzt. Nie hätte sie gedacht, dass Glückskäfer ein solches Opfer bringen müssen. Wer kastriert euch denn?, fragte sie voller Mitgefühl und Neugier.

Eine Glücksfee von der Venus, sagte der Käfer. Sie macht Schnippschnapp mit ihren schönen langen Fingern und verwandelt unsere Hoden in Seifenblasen, so schweben sie dahin! Und solange wir leben, platzen sie nicht! Was kann ich für dich tun?

Nichts, sagte Grazia. Ich bin schon superglücklich! Ich habe einen tollen Freund, einen tollen Beruf und ein tolles soziales Umfeld. Meine Eltern und Großeltern leben noch und ich bin kerngesund.

Aber es wäre schön, wenn du einfach immer da sein könntest, sozusagen als Absicherung!

Das geht nicht!, rief der Käfer. Das geht auf keinen Fall! Es gibt so viele Menschen, die uns bitter nötig haben, wir sind für alle da, verstehst du? Wir sind keine Heimtiere oder Privatkäfer!

Ja, sicher, sagte Grazia, das kann ich gut verstehn. Ich wollte auch nicht unverschämt sein, wär' halt schön gewesen, auch wegen meiner Freundinnen!

Der Käfer sah sie sehr schief an.

Nein, nein! rief Grazia. Nicht, was du jetzt denkst! Ich wollte sie nicht neidisch machen. Nur für den Fall, dass sie dich bräuchten! Dann könnte ich dich ausleihen.

Ich bin ein Glückskäfer!, rief der Käfer. Kein Leihkäfer! Das Glück fliegt einem zu oder eben nicht, so ist das!

Da packte ihn die junge Frau, warf ihn in die abschließbare Schreibtischschublade und drehte den Schlüssel herum! Es wurde laut. Ein ohrenbetäubendes Brummen drang aus der Schublade an Grazias Ohren. Sie hielt sie zu, aus Angst um ihre Trommelfelle, alles vibrierte, auch der Boden unter ihr. Der Schreibtisch hob sich und raste zum Fenster, wo er mit Urgewalt zerschellte, er zerbarst in tausend Stücke. Der Käfer flog davon!

Grazia war beinahe ohnmächtig geworden. Sie saß am Boden und zitterte am ganzen Körper. Es dauerte fast eine halbe Stunde, bis sie aufstand und durch die vergrößerte Fensteröffnung hinaussah. Sie rief ihren Freund an.

Glaubst du, ich bin gegen so was versichert?

Nein, sagte ihr Freund, der in der Branche tätig war. Glückskäferschäden sind derart selten, dagegen ist niemand versichert. Da fällt uns schon was ein. Ich bin gleich da!

Am Meer

Zwei Scheiben Zwieback lagen nackt am Strand, sie wollten knackig braun werden.

Ihr seid schon knackig braun!, riefen die Wellen. Wenn ihr nicht ganz bald in den Schatten geht, werden die Möwen euch verputzen!

Geht selber in den Schatten!, rief der Zwieback. Uns geht's gut! Die Wellen nahmen Anlauf und warfen sich mit voller Wucht auf die Scheiben, sie wurden nass und weich.

Na, geht's euch immer noch so gut?, riefen die Wellen.

Der Zwieback sprang auf und wollte die Wellen töten, er fiel aber nur elendig in sich zusammen.

Da kannst du mal sehen, wie gestört du bist!, riefen die Wellen. Wir machen einen Spaß und du willst uns gleich töten!

Spaß!?, brüllte der Zwieback. Das nennt ihr Spaß? Wir sind nur noch zwei unförmige Häufchen, wir sind fertig und ihr habt uns fertig gemacht, nur weil wir uns bräunen wollten! Warum kann man auf dieser Welt nicht in Frieden braun werden?

Tut uns leid!, riefen die Wellen. Aber deine Doofheit hat uns provoziert! Und wer rechnet damit, dass jemand von Wasser so schnell weich und unförmig wird?

Ihr solltet mal eine Weile an Land verbringen, rief der Zwieback, das würde euren Horizont erweitern! Und jetzt holt mich bitte ab, ich will zum Meer gehören!

Rachelust & Heilung

Als noch niemand wusste, was gut und böse ist, hatten sich zwei hässliche, miese Typen über einen gutaussehenden Wanderer hergemacht. Sie hatten ihn bewusstlos geschlagen und ausgezogen. Gerade wollten sie sein Herz herausschneiden, als das Auge einer gelangweilt umherschweifenden Sexgöttin auf den Körper des Bewusstlosen fiel. Blitzschnell machte sie die Gewalttäter kampfunfähig und kümmerte sich rührend um den verletzten Wanderer. Sie flog mit ihm zu einer Zauberquelle. Hier kannst du dich erquicken, hauchte sie in sein Ohr. Im Nu ging es dem Wanderer so gut wie nie. Er streckte sich und reckte sich und während die Göttin sich am Anblick seiner Schönheit ergötzte, wurde ihm bewußt, was für ein Glück er gehabt hatte. Er bedankte sich bei der Göttin und erkundigte sich nach seiner Kleidung und dem Rucksack. Das alles brauchst du nicht, sagte die Göttin. Wo ich bin, ist es warm und wohlig. Wir werden eine schöne Zeit zusammen haben!

Göttin!, sprach der Wanderer. Ich muss nach Hause, meine Mutter wird sich Sorgen machen.

Die Göttin traute ihren Ohren nicht! Hatte sie einem undankbaren Muttersöhnchen aus der Patsche geholfen? Sie schmiegte sich verführerisch an ihn.

Entschuldige bitte, sprach der Wanderer, ich will nicht undankbar erscheinen, aber meine Familie wartet auf mich. Mein Vater ist krank und ich habe die für seine Heilung notwendigen Mammutmusikantenknochen besorgt, sie befinden sich im Rucksack.

Was hat dein Vater denn?, zischte die Göttin.

Depressionen, sagte der junge Mann. Er war ein großer Kämpfer, aber wir haben keine Feinde mehr, sie sind alle vernichtet. Nun sitzt er traurig am offenen Kamin und starrt in die Glut.

Verdammte Verwandtschaft!, schimpfte die Göttin. Da tut man alles, um einen Menschen glücklich zu machen und er vermißt diese stinkenden Knochen!

Sie stinken nicht, entgegnete der Wanderer. Ich habe sie restlos abgenagt und mit grobem und feinem Sand abgeschmirgelt, sie sehen sehr gut aus!

Na, dann zeig' mal!, rief die Göttin und brachte den Wanderer zurück zum Ort des Verbrechens. Er zog sich an und holte die Knochen aus dem Rucksack.

Siehst du, sagte er stolz, da trafen ihn erneut die Keulenhiebe der aufgewachten Wegelagerer. Schnell öffneten sie seinen Brustkorb, rissen das Herz heraus und tranken gierig das warme Blut. Dann brieten die hungrigen Männer den Wanderer am Eichenspieß und gerade als sie sich die leckeren Nierchen brüderlich teilten, tauchte die Göttin in Gestalt einer halbnackten, notgeilen Wanderschlampe auf und flötete: Na, krieg'ich auch was ab?

Die Kannibalen überließen ihr die Ohren und nach dem Essen trieben sie es tierisch bis zum Morgengrauen. So traurig hätte die Geschichte enden können, wäre der Wanderer nicht auf der Hut gewesen. Er hatte die Rachelust in den Augen der Sexgöttin erkannt, bevor sie ihn zu seinen Sachen führte und er kam den Keulenhieben seiner Widersacher mit einigen gezielten Tritten, die sein Vater ihn gelehrt hatte, zuvor. Dann holte er die Herzen raus und jubelte: Ah, Doppelherz! Nun stoppt mich niemand mehr!

Mit wüsten Flüchen verschwand die Göttin und schwor sich, nie mehr etwas mit einem Muttersöhnchen anzufangen. Dabei fiel ihr der seitdem populäre Begriff Motherfucker ein, den sie zwei Wochen lang brüllte. Der Wanderer kam vierzehn Tage später zu Hause an.

Wo warst du so lange?, fragte die große Schwester.

Ich bin aufgehalten worden, sagte der junge Mann und

holte die Musikantenknochen hervor. Die Mutter legte sie dem Vater auf die Schultern und sagte ihre Zaubersprüche auf. Der Vater starrte weiter in die Glut und bekam Zahnschmerzen, er jammerte.

Enttäuscht und zornig schlug seine Frau ihm mit der flachen Hand sehr kräftig auf den Rücken. Die beiden Knochen fielen vor ihm auf den Boden und bildeten ein sehr schön geschwungenes T.

T, sagte der Vater und die Mutter schrie: Koch' dir selber einen, du apathischer Jammerlappen!

Der Vater aber stand auf und kehrte am Abend mit einem Eutersack voller alter, weißer Knochen heim. Seitdem bildete er täglich neue Buchstaben. Nicht alle waren brauchbar, doch jedes Zeichen besaß diese gewisse Eleganz, die auch schon den Krieger ausgezeichnet hatte und außer dem T hat sich von seinen Erfindungen auch noch das X bis in unsere Zeit erhalten und bewährt.

Rotkäppchen

Im letzten Sommer sollte ich für eine Märchenzeitschrift Rotkäppchen interviewen. Sie schlug als Treffpunkt das Freibad am alten Stadion vor.

Ich fragte: Sind wir denn dort auch ungestört?

Wir legen uns ganz hinten vor die Büsche, meinte Rotkäppchen, dort ist der FKK-Bereich, da ist es angenehm ruhig.

Mir war die Vorstellung, das nackte Rotkäppchen nackt interviewen zu müssen, sehr unangenehm, ich wollte aber nicht spießig wirken und sagte: Ok, aber woran erkenne ich sie denn nackt?

Am Käppchen, rief Rotkäppchen, woran denn sonst? Das hab' ich immer an, keine Sorge!

Also überquerte ich kurz vor elf die große Liegewiese, auf der sich bei herrlichem Sonnenschein schon viele tummelten. Rotkäppchen sah ich schon von weitem. Sie saß im Schneidersitz ganz hinten vor der Bambushecke, die den FKK- Bereich vor neugierigen Blicken von außen schützt. Vor ihr lag ein Buch auf der karierten Decke.

Ach!, rief ich. Der Steppenwolf!

Sie nickte. Ich habe ihn beim Ausmisten entdeckt und hatte Lust ihn wieder mal zu lesen.

Sie haben's wohl mit Wölfen?, fragte ich. Sie lächelte.

Zwei Wölfe in vierzig Jahren, was ist das schon?

Sie sind schon vierzig?, staunte ich.

Ach, tun Sie nicht so überrascht!, sagte Rotkäppchen. Das Alter sieht man mir doch an!

Ich hatte mich nun auch ausgezogen und schob schnell die Vorhaut über meine Eichel. So gänzlich nackt wollte ich der mir Unbekannten nicht gegenübersitzen.

Wann fing das mit dem Altern an?, fragte ich ohne

Umschweife. Als ich jung war, sind sie noch ein Mädchen gewesen, das war in den 60er-Jahren des letzten Jahrhunderts.

Stimmt, sagte Rotkäppchen. Ich altere seit Mitte der 60er, niemand weiß, warum. Dem Wolf ging es genauso. Er starb Anfang der 80er.

Waren sie traurig, als er endgültig tot war?

Nein, sagte Rotkäppchen, er hatte auch im hohen Alter noch diese entsetzliche, unersättliche Gier und diese miese Verschlagenheit. Wir haben alle auf seinen Tod angestoßen, sogar Großmutter.

Ich kontrollierte mein Aufnahmegerät, alles in Ordnung!

Ihre Großmutter und der Förster sind mittlerweile auch schon von uns gegangen, fuhr ich fort. Sind sie nun einsam? Oder gibt es andere wichtige Menschen in ihrem Leben, sind sie liiert?

Rotkäppchen klappte ihre Lektüre zu und drehte sich auf den Bauch. Das geht sie nichts an!

Ja, sicher, sagte ich überrascht. Aber die Leser unseres Magazins interessieren sich dafür, wie und mit wem Rotkäppchen heute lebt, was sie fühlt und denkt, und ob sie privat genauso ist wie im Märchen!

Rotkäppchen lachte auf, etwas zu laut für mein Gefühl.

Also, ich bitte Sie! Glauben Sie denn wirklich, ich würde mich privat mit einem Wolf unterhalten?

Ich sah ihr in die Augen. Sie sahen traurig aus. Ich gab mir einen Ruck und fragte spontan: Rotkäppchen, jetzt mal ehrlich! Haben Sie vom Leben mehr erwartet?

Ja, zugegeben, sagte die Frau, aber auf den Trick fall' ich nicht rein! Nichts Privates!

Und politisch? fragte ich. Verraten Sie uns, wen Sie für den größten Deutschen halten? Oder die Größte vielleicht?

Politik hat mich nie interessiert, sagte Rotkäppchen.

Sie drehte sich auf den Rücken und schloss die Augen.

Gehn Sie bitte, sagte sie leicht aggressiv, ihre Zeit ist vorbei!

War ich enttäuscht! Ich stellte mein Aufnahmegerät ab und zog mich an. Auf Wiedersehen, sagte ich leise und sie sagte ade und zwar so schnell, als sei ihr sogar dieses kurze Wort zu lang.

Sie haben Rotkäppchen nackt gesehen?, fragte der Chefredakteur. Aber Fotos gibt es keine?

Nein, sagte ich kleinlaut. Ich habe mich nicht getraut, eine so legendäre Gestalt nackt zu fotografieren. Aber ich kann sie ganz genau beschreiben, jedes Härchen, jeden Leberfleck hab' ich mir eingeprägt!

Das könnte auch erfunden sein, sagte der Chef. Ohne ein Foto klingt das alles rein fiktiv! Das gibt doch gar nichts her, das wissen Sie. Ich frage mich allerdings, warum sie sich überhaupt mit ihnen trifft, wenn sie so gar nichts preisgeben will. Haben Sie über Geld gesprochen?

Ich schüttelte den Kopf. Kein Geld, das war so abgemacht.

Ja, richtig, erinnerte er sich. Vielleicht war es gar nicht Rotkäppchen, mutmaßte er dann. Vielleicht wollte die Alte nur jemand kennenlernen und sie haben ihr nicht gefallen. Waren Sie auch nackt?

Ich nickte.

Na, bitte! Woher hatten Sie denn ihre Nummer? Vom tapferen Schneiderlein?

Nein, sagte ich. Von Hänsel!

Von Hänsel!, rief der Chefredakteur. Sind sie wahnsinnig? Der ist doch völlig durch den Wind, seitdem Gretel Hans im Glück geheiratet hat. Er hasst die ganze Welt! Wer weiß, was das für eine war! Vergessen Sie's! Hier ist die Nummer von Frau Holle. Sie ist mit 84 schwanger geworden.

Schule für Große
Folge 401

In Naturkunde hatten wir schon den ganzen Vormittag über Bäume gesprochen.

»Uralte Partner des Menschen« hatte Frau Holzer sie genannt, und eigentlich wurden die Bäume nur gelobt. Wir hörten uns sogar ein altes deutsches Lied, das niemand kannte, an. Es hieß »Mein Freund, der Baum«. Das war so traurig, Sonja weinte und Frau Holzer sagte: Ich heiße auch Alexandra, meine Eltern haben mich nach der Interpretin und Autorin des Liedes benannt. Sie kam kurze Zeit später bei einem Autounfall ums Leben.

Oha!, riefen alle.

Was heißt Oha?, fragte Frau Holzer.

Schlechtes Omen, sagte Heinz-Willi, fahren Sie Auto?

Ach Quatsch, rief die Lehrerin. Solche Gedanken lehne ich ab, ich bin keine Esoterikschlampe, so! Möchte noch jemand etwas zum Thema »Baum – Uralter Partner des Menschen« loswerden?

Leni meldete sich.

Ja bitte, Leni, du willst dich bestimmt kritisch äußern, stimmt's? Du hast ja diesen Zwang.

Ja, stimmt, sagte Leni. Ich seh die Bäume nicht so positiv. Unsere unheilvolle Abhängigkeit von ihnen fesselt uns. Wir sind rückständig, weil es sie gibt. Wegen ihnen plagen wir uns mit diesen fossilen Brennstoffen herum.

Ohne Bäume gäbe es uns nicht, entgegnete Frau Holzer.

Wer weiß?, widersprach Leni. Vielleicht kämen wir ohne Bäume mit weniger Sauerstoff aus, der Mensch ist anpassungsfähig. Wenn wir von Anfang an ohne Bäume gelebt hätten, wären wir anders als jetzt und vielleicht viel cooler. Vielleicht ist dieser hohe Sauerstoffverbrauch der Grund für etliche menschliche Mängel. Sauerstoff! Wie sich das schon anhört! So etwas würde doch niemand freiwillig einatmen.

Süßstoff aber auch nicht, rief Peter dazwischen.

Peter, sagte Frau Holzer, bitte! Du störst unsere Konzentration.

Also ich fand die Bäume schon immer bedrohlich, fuhr Leni fort. Wie sie so still dastehen und ihre riesigen Schatten werfen. Auch den Weihnachtsbaum mochte ich nicht, dieses dunkle, spitze Dreieck. Obstbäume gehen, aber die Birken, die sind ja richtig aggressiv. Und ihr Rauschen hat etwas Unheimliches. Die wollen uns fertigmachen! Ich bin Allergikerin, ich weiß, wovon ich rede.

Ach so, sagte Frau Holzer, du bist krank! Das erklärt vieles.

Nein, rief Leni, ich bin gesund! Und mein Verhältnis zu Bäumen war schon immer kritisch, weil ich schon als Kind gesehen habe, dass sie sich verzweigen wie Blitze. Sie sind gefährlich, sie werden uns zu Grunde richten!

Wir schwiegen betreten. Auch Frau Holzer ließ ihren Kopf auf die Brust sinken und schaute in ihr Dekolleté, als läge dort ihr Herz begraben.

Leni, sagte ich, wir können unsere Entwicklung nicht rückgängig machen. Wir Menschen sind sozusagen mit den Bäumen groß geworden, wir dürfen sie nicht verteufeln.

Tu ich doch gar nicht!, rief Leni. Als Möbel find ich Bäume in Ordnung, als Spielzeug, als Instrument, als Auto, als Computer, als Papier und Blockhütte, okay! Aber wir dürfen nicht länger in die Verbrennungsfalle tappen. Damit wollen die Bäume uns vernichten. Sie wollen die Erde beherrschen. Wie sie mit ihren Wurzeln vom Erdreich Besitz ergreifen, findet ihr das nicht widerlich? Stellt euch doch bitte mal vor, wir würden derart gierig unsere nackten Zehen in den Boden bohren und immer tiefer in die Erde eindringen, um sie auszusaugen! Wir würden so selbstherrlich unsere Äste und Zweige in den Himmel recken! Wachstum, Wachstum ohne Ende!

Na, na!, rief Rudi, jeder Baum ist einmal ausgewachsen. Der ist vernünftiger als unser Wirtschaftssystem.

Aus Faulheit!, rief Leni. Wenn sie richtig pumpen müssen, um weiterzuwachsen, hören die Bäume auf damit. Das ist pure Bequemlichkeit!

Gut, unterbrach Frau Holzer, das will ich jetzt nicht weiter kommentieren, das lassen wir so stehen. Die Mehrheit findet Bäume großartig, und ihr kennt das alte Sprichwort: Was kümmert es die stolze Eiche, wenn der kleine Hund sie anpinkelt?

Ich bin kein kleiner Hund!, rief Leni. Wenn schon Tier, dann Katze. Und eine Katze pinkelt keine Bäume an.

Wir lachten und stellten uns genau das vor.

Noch eine Minute bis Schulschluss, sagte Frau Holzer, und stellte wie stets die letzte Frage: Wie alt ist der älteste Baum und wie heißt er?

Eiche, sagte Peter.

Eibe, rief Sonja.

Frau Holzer schüttelte den Kopf. Die kalifornische Grannenkiefer ist 4600 Jahre alt, sagte sie stolz, als wäre sie selber eine kalifornische Grannenkiefer.

Wir staunten.

Da gab's ja nicht mal Deutschland!, rief Elmar. Gab's denn da schon Menschen?

Menschen schon, sagte Leni, aber kein Mitleid.

Frau Holzer lächelte.

Die Krise

Ein Bagger hatte Gewichtsprobleme. Er ging zum Arzt.

Aber Herr Bagger, sagte der Arzt, warum kommen Sie zu mir? Hören Sie auf, so viel in sich hineinzuschaufeln, dann sind Sie bald wieder rank und schlank, denn arbeiten tun sie ja genug, oder?

Nein, sagte der Bagger, ich bin arbeitslos!

Ach, so!, rief der Arzt. Sie sind arbeitslos! Ihnen ist langweilig, was? Und da dachten Sie, ach, geh' ich mal zum Onkel Doktor, ein bisschen plaudern, was verschreiben lassen, ist ja immer nett der Alte! So einer sind sie also! Sicher sehen Sie auch viel fern! Sind ja auch so sehenswert und lehrreich, diese ganzen Polar- und Auswanderer- und Zootierfilme! Muss man doch gesehen haben, wenn jemand aus einem Stinktierbaby Scheiße rausdrückt!

Der Tag ist lang, Herr Doktor, sagte der Bagger. Erst recht im Winter. Und Sie haben gut reden! Ihnen laufen sie die Bude ein! Krankheiten gibt's immer jede Menge! Aber ich hab' außer Baggern nichts gelernt.

Und ihre Frau?, fragte der Arzt.

Auch arbeitslos, sagte der Bagger. Wir sind beide zu alt. Anfangs sind wir beide noch rausgefahren und haben nur für uns so rumgebaggert, da gab es gleich Probleme!

Ist Ihre Frau denn auch so fett wie Sie?, fragte der Arzt.

Nee, sagte der Bagger. Sie joggt. Und dabei hat sie jetzt auch noch einen anderen kennengelernt...

Für Ehekrisen bin ich nicht zuständig, sagte der Arzt. Gehen Sie, bitte. Meine Frau hat auch einen Jüngeren, da müssen wir durch!

Der Bagger ging nach Hause.

Ach, hätten wir doch Kinder!, klagte er. Dann könnte

ich mit ihnen Risiko spielen oder Schiffe versenken oder Pokern... Aber Bagger können nun mal keine Kinder kriegen, hat ja auch sein Gutes. Gibt ja viele Kinder, die nichts auf die Reihe bekommen und ihren Eltern nur Kummer bereiten. Das hätt' mir gerade noch gefehlt!

Da kehrte seine Frau zurück! Sie küßte ihn.

Schön, dich zu sehen, Herbert, sagte sie zärtlich. Ich habe mit dem andern Schluss gemacht!

Aber warum denn, Liesbeth?, fragte der verdutzte Bagger. Du warst doch ganz verrückt nach ihm!

War ich, sagte die Frau. Aber stell' dir vor, Herbert, beim Orgasmus hat er immer Kiesbett, oh Kiesbett! gestöhnt. Da ging bei mir dann gar nichts mehr!

So ein Arsch, sagte der Bagger. Leute gibt's!

Sie weinten beide rostige Tränen.

Das schätze ich so an dir, schluchzte die Frau, dass du so mitfühlst!

Der Bagger sagte: Ja, das kann ich.

Schönheit und Freude

Wir hatten einen großartigen Blumenstrauß an das Fenster zur Straße gestellt und uns daneben, um die Reaktionen der Passanten unmittelbar genießen zu können.
Viele waren angetan, sie sahen sich den Blumenstrauß minutenlang an und freuten sich immer mehr. Wir öffneten das Fenster, um mit den Leuten sprechen zu können.
Bewacht ihr diese Blumen?, fragte ein Junge.
Nein, sagte Rolf, wir leisten ihnen nur Gesellschaft!
Ihr passt gut zu ihnen, sagte eine junge Frau.
Wir sind aufgeregt!, rief ich. Wahrscheinlich deshalb.
Die junge Frau sah mir fragend in die Augen.
Weil blühende Blumen auch aufgeregt sind, erklärte ich, deshalb!
Ach, murmelte die Frau, das hab' ich nicht gewusst!
Sind das Kornblumen?, fragte ein junger Mann mit praktischer Kurzhaarfrisur. Wir nickten.
Sind aber größer als normal, oder?, fragte er weiter.
Ja, sagte Rolf. Das sind Superpluskornblumen!
Und die komischen, hellen?, wollte ein alter Mann wissen. Was sind denn das für welche? Die sehen so künstlich aus!
Gute Augen!, lobte Rolf.
Ich sagte: Stimmt! Das sind selbstgemachte Klebestreifenblumen, aus Klebestreifenabfall!
Mögt ihr Abfall?, fragte eine alte Frau.
Wenn er noch für etwas gut ist, antwortet Rolf, dann mögen wir ihn und dann fordert er unsere ganze Kreativität heraus. Und dann entstehen Sachen, an die wir ohne Abfall nicht im Traum gedacht hätten!
Träumt ihr viel?, fragte die junge Frau.
Er schon, sagte ich, ich kaum.

Und was?, fragte sie Rolf. Er sah mich traurig an.

Er träumt noch oft von seiner ersten Frau, die ihn wegen eines zehn Jahre Älteren verlassen hat, aber ich glaube, das wird jetzt etwas zu persönlich. Rolf nickte.

Ihr werdet gerne etwas gefragt, stimmt's?, fragte ein alter Mann.

Klar!, rief Rolf. Wer wird nicht gerne hin und wieder etwas gefragt? Da hat man das Gefühl, gefragt zu sein. Ist doch schön!

Ist doch nur eine Illusion, sagte der alte Mann. Ohne den Blumenstrauß würde sich niemand für euch interessieren! Wir finden den Blumenstrauß toll, nicht euch!

Aber etwas von der Schönheit der Blumen färbt auf uns ab, finden sie nicht?, fragte ich nun alle.

Sie sahen sich an, sie überlegten, grinsten, lachten, ja sie lachten, schließlich lachten alle lauthals!

Ich fand das sehr ermutigend: Eine Gruppe uns und einander völlig fremder, lachender Menschen steht vor einem großartigen Blumenstrauß. Was für eine lebendige Szene! Laute Freude und echte Schönheit, gepaart mit unserem stillen Ernst, das hatte schon etwas Erhabenes!

Das sagte auch die junge Frau, bevor sie weiterging: Das hat etwas Erhabenes hier und hoffentlich ist kein Alkohol im Spiel!

Nein, sagte Rolf. Auch wir sind für den wirklichen Fortschritt!

Pfeifen und Rauchen

Björn ist ein notorischer Pfeifer, er pfeift den ganzen Tag! Oft pfeift er nach dem Zähneputzen, beim zu Bett gehn noch und manchmal muss er's sich sogar beim Sex verkneifen. Er pfiff auch schon auf Friedhöfen und auf Behördengängen, auch in Museen und Krankenhäusern und wurde deshalb hin und wieder und zu recht gerüffelt.

Das mag nicht jeder!, sagte einmal eine ältere Dame an der Wursttheke zu ihm.

Björn ist nicht auf den Mund gefallen und sagte: Na, Omma, bald wird's ganz, ganz still!

Aber auch ihm geht seine Pfeiferei bisweilen auf die Nerven, wenn er sich konzentrieren muss oder in heiklen zwischenmenschlichen Situationen, bei Streitereien etwa. Es hat auch etwas Eskapistisches, nach einem Auffahrunfall als Schuldiger pfeifend aus dem Auto zu steigen.

Eines Tages wird ihm sein Fehlverhalten bewusst, er klagt: Wie viel Energie hab' ich mit dieser Pfeiferei vergeudet! Was hab' ich da nicht alles in die Luft geblasen!

Da ist was dran, sagt seine Frau. Du wärst vielleicht schon Bundestrainer oder Außenminister oder vereidigter Wirtschaftsprüfer oder Juwelier, wenn du nicht so viel Energie so sinnlos verpfiffen hättest!

Und wenn du nicht so viel Geld verqualmt hättest, entgegnet Björn, wären wir sicher Millionäre! Ach, Hedwig, wär' das schön! Du Millionärin und ich Juwelier!

Dann wär' ich deine beste Kundin!, ruft Hedwig. Sie lachen. Es wird still.

Zu spät, sagt Björn nach einer Weile. Das Pfeifen kann ich mir nicht mehr abgewöhnen, das ist schon längst ein Teil von mir.

Ich mag dein Pfeifen, sagt Hedwig. Du kannst auch

sehr schön pfeifen. Und sicher lässt du auf diese Weise eine Menge Dampf ab, das ist so ähnlich wie mit meinem Rauchen: Die Glut dämpft das innere Feuer! Ohne Zigaretten wäre ich schon tot!

Björn lacht. Ja, ganz bestimmt! Wie du dich immer über alles aufregst! Nicht auszudenken, was ohne Zigaretten all die Jahre geschehen wäre! Ich glaube nicht, dass ich eine gewalttätige Frau gewollt hätte, so eine, die ständig ausrastet und herumtobt! Da bist du mir so lieber!

Ich rauche aber auch, weil es mir Spaß macht, sagt Hedwig. Wenn die Welt ein Paradies wäre und es gäbe keinen Grund, sich über irgendwas zu ärgern, würde ich auf einem Löwen über schneeweiße Strände galoppieren und den Delfinen Rauchzeichen geben!

Und ich würde auf einer Löwin neben dir reiten, sagt Björn.

Auf einer Löwin?, fragt Hedwig.

Oder auf einem Nashorn, sagt Björn. Ist doch egal!

Stallball

Wir fuhren übers flache Land zum Auswärtsspiel.

So schön!, rief Lydia. Viel schöner als die hohen Berge, diese Auswüchse des Extremismus!

Wir überhörten es einfach und Ronny zeigte auf einen feinen, spitzen Kirchturm in der Ferne. Schaut mal dort drüben! Sieht aus wie eine Nadel, die in den Himmel piekt!

Jetzt müsste Blut rauslaufen, meinte Edgar, das wäre ein geiles Bild.

Ein blutender Himmel, flüsterte Konstanze, wie schrecklich! Was redet ihr denn alle? Seid doch einfach mal still und genießt die herrliche Aussicht und den weiten, weiten Himmel.

Wie weit ist es denn noch?, fragte Lydia. Kann ich noch schlafen?

Hans sagte: Nee. Er saß am Steuer. Lohnt sich nicht mehr. In zehn Minuten müssten wir in Altdorf sein. Fühlt ihr euch gut?

Wird schon klappen, sagte Edgar. Ich schau' heute eh nur zu.

Wieso das denn?, fragte Ronny. Bist du verletzt?

Mir tun die Tiere leid, sagte Edgar.

Ach, jetzt auf einmal!, rief Konstanze. Bis jetzt hast du immer am härtesten draufgehalten und plötzlich wirst du tierlieb! Was ist passiert?

Gar nichts, sagte Edgar. Das ist nur ein Gefühl, das nennt man ... irgendwas mit E.

Empathie, sagt Konstanze. Das ist Quatsch. Den blöden Kühen macht das gar nichts aus, im Gegenteil, die freuen sich vermutlich sogar über die Abwechslung und die Rückenmassage! Das ist bestimmt gesund!

Trotzdem, sagte Edgar. Ich leg' mal 'ne Pause ein.
Lass ihn, meinte Hans. Wir gewinnen auch so.
Er fuhr in einen Kreisverkehr und bog links ab.
Ich bin heute hypernervös, gestand Lydia. Ich spüre fast so etwas wie kosmisches Unbehagen.
Hab' ich oft, meinte Edgar. Das ist die Angst vorm Gegner.
Nein, sagte Lydia, Angst fühlt sich anders an, da kenne ich mich aus! Aber wir sollten das jetzt nicht vertiefen, wir müssen uns konzentrieren.
Altdorf, sagte Hans. Na, bitte! Und da ist auch schon die Dorfstraße! Jetzt die Nr. 8 suchen, ein grauer, blaugedeckter Bauernhof, da vorne!
Der Kleinbus rollte auf die leere, mit rotem Kies bedeckte Fläche vor dem Wohnhaus. Hans hupte kurz. Und da erschienen schon die Gegner!
Nur zwei?, wunderte Ronny sich.
Wir reichten uns die Hände. Das gegnerische Team bestand tatsächlich nur aus zwei Männern, Hubert und Herbert, offensichtlich Zwillingsbrüder. Sie hatten beide einen extrem laschen Händedruck, hängten ihre Hände wie welke Salatblätter von oben in unsere, aber nur bis zu den Knöcheln. Der Stall war nicht besonders groß, ca. 90 Quadratmeter, jedoch sehr sauber, sogar teilweise mit Kunstrasen ausgelegt, was wir nicht so mochten.
Der Trend geht aber in die Richtung, meinte Hubert.
Erinnert mich zu sehr an Fußball, fand Lydia. Ich mag's authentischer.
Ich testete die Bälle. Sie waren nicht zu glatt. Die beiden Kühe waren alt und klapprig.
Die haben noch unsere Eltern gekannt, sagte Herbert. Er wollte uns wohl durch diese sentimentale Bemerkung einlullen oder ablenken, doch Konstanze reagierte sofort: Anfangen!
Wir warfen eine Münze. Die Gegner zuerst. Beim Stallball geht es darum, mit einem geworfenen oder getrete-

nen Ball via Kuhkörper, in der Regel ist es der obere Teil, kreisrunde, verschiedenfarbige Punkte an der Stalldecke zu treffen. Die gelben Punkte sind 100, die roten 50 und die grünen und blauen 10 Punkte wert. Es gibt auch einen schwarzen Punkt. Trifft eine Mannschaft den, hat sie das ganze Spiel in diesem Moment verloren und der Unglücksrabe muss sich nackt auf eine Kuh setzen und fotografieren lassen. Das kommt aber recht selten vor. Erreicht eine Mannschaft tausend Punkte, hat sie gewonnen. Am Anfang lief es gut für unser Team.

Lydia traf wie immer zuverlässig gut, auch Ronny hatte einen prima Tag. Wir hatten schon über 900 Punkte, da legten sich die Kühe auf den Rücken. Das ist nicht verboten, macht das Spiel aber schwieriger, weil die Bälle von der weichen Unterseite der Tiere natürlich nicht so stark abprallen.

Die beiden Brüder grinsten listig in sich hinein. Sie holten sehr schnell auf, weil sie ganz konsequent nur auf die Brustkörbe warfen und auch das nötige Glück hatten. Wir zielten auf die Hufe, was technisch und ästhetisch anspruchsvoller, aber auch riskanter ist und kamen völlig von der Rolle, und schließlich, die Gegner waren kurz vor 1000, traf Konstanze eine Schnauze und von da aus den schwarzen Punkt, verloren!

Sie sagte sofort: Nein, hier zieh' ich mich nicht aus!

Konstanze, gab ich zu bedenken, dann wird das Spiel 2000 zu null für die gewertet, das kannst du doch nicht wollen!

Sie war den Tränen nahe. Diese Betrüger! schluchzte sie. Diese unfairen Schweine! Ich kann das nicht!

Wir versuchten, sie zu überreden.

Konstanze! sagte Lydia. Mit 2000 Miesen können wir die Meisterschaft definitiv vergessen! Komm, nun mach' schon. Du bist doch auch sonst nicht so empfindlich!

Konstanze schüttelte den Kopf und dann den ganzen Körper. Nichts zu machen.

Wir reichten den Brüdern zum Abschied dennoch die Hände und trotz des haushohen Sieges schienen sie enttäuscht zu sein.

Tja, Jungs!, rief Hans. Das Spiel heißt Stallball und nicht Bauer sieht Frau.

So machten wir uns wenigstens als moralische Sieger auf den Heimweg und niemand machte Konstanze irgendeinen Vorwurf. Vor uns lag ein grandioses Abendrot mit violetter Grundierung und weil Hans für unser aller Gefühl zu schnell fuhr, erfand Lydia einen Spontankanon, den wir begeistert intonierten: Wir fahrn hinein ins Abendrot, vom Aussterben bedroht, vom Aussterben bedroht. Das hört sich jetzt pessimistischer an, als es mit unseren kraftvollen Stimmen in Wirklichkeit klang.

Umsonst

Eine Kuh will Polarforscherin werden.
Nein, sagte der Bauer, ich brauche dich hier! Außerdem würde die Milch in deinem Euter am Nordpol sofort gefrieren, dein Euter würde platzen! Ist dir das klar?
Thermokleidung, sagt die Kuh. Die braucht jeder Polarforscher.
Thermokleidung für Kühe gibt es nicht, sagt der Bauer. Was hast du für Ideen? Und was willst du essen?
Tiefkühlpizza und Spinat, sagt die Kuh. Hanuta, Bioäpfel – alles ganz normal!
Polarforscherin!, ruft der Bauer. Als ob eine Kuh so einfach Polarforscherin werden könnte! Du hast nicht einmal Hauptschulabschluß, gar nichts hast du! Was denkst du denn? Ich fahr' mal kurz zum Pol, steck' meine Schnauze in den Schnee und schon kommen hinten neue, bahnbrechende Erkenntnisse herausgepurzelt?
Bauer, fragt die Kuh fast mitleidig, für wie dumm hältst du mich? Ich will ganz einfach die erste Kuh am Nordpol sein. Das würde dich und mich berühmt machen, verstehst du? Das Foto wäre in allen Zeitungen! Wir könnten Werbung machen und sehr viel Geld verdienen, du müsstest wegen der Milchpreise nicht mehr weinen und könntest wieder ohne Subventionen leben! Davon träumst du doch!
Nun erkennt der Bauer, wie gut die Kuh es mit ihm meint. Er klopft ihr zärtlich auf den Hals.
Ich überleg's mir, Chantal! Zum Nordpol ist man lange unterwegs, die Reise ist nicht billig!
Er atmet ganz tief ein und geht. Immer dieses Geld, sagt die Kuh zu ihrer Nachbarin. Kann nicht mal irgendjemand eine junge, engagierte Kuh umsonst mitnehmen?

Erwachsen

Weil es keine Zeit mehr gab, wollten wir etwas endlos Schönes machen und taten uns zusammen.

Das Umfeld reagierte missgelaunt: Wollt ihr euch ewig lieben oder was?

Wir fuhren mit dem Zug ans Meer und tauchten nach versunkenen Städten, fanden auch zwei: Hamburg und Köln! Schon seltsam, meintest du, dass ausgerechnet diese beiden grundverschiedenen Städte hier direkt nebeneinander versunken sind! Das lustige, verlogene Köln und das ernste, zügellose Hamburg!

Ich sagte: Ja, wie seltsam, dass sich zwei so grundverschiedene Großstädte vor ihrem Untergang aufeinander zu bewegten! Aber Gegensätze ziehen sich ja an.

Wir setzten uns dann nebeneinander auf ein unspektakuläres gelbes Backsteinmäuerchen, das noch zu Köln gehörte. Eine Muräne mit rotleuchtenden Augen kam angeschwommen und wollte einen Pferdeschwanz. Das geht nicht, sagte ich spontan. Wir Menschen können auch nicht alles!

Och, bitte, bitte!, nuschelte die Muräne total süß und du hast deinen ultralangen, blonden Pferdeschwanz von einem netten Hai abbeißen lassen. Wir haben ihn der ulkigen Muräne um den Bauch gebunden und gut festgeknotet. Sie pinkelte vor Stolz, wir schämten uns gehörig, weil wir die Unterwasserwelt definitiv nicht verschönert hatten! Nach dem Auftauchen hing unter deinem linken Auge ein Insektenflügel. Ich wischte ihn weg, aber bevor er auf dem Boden landete, fing ihn ein tänzelnder Reliquienhändler auf und seine Augen funkelten!

Das ist ein Flügel von Biene Maja!, rief er. Zum Glück waren wir beide keine Kinder mehr!

Die frohe Botschaft

Wollt ihr eine Geschichte aus der Bibel hören?, rief die Erzieherin Luise.

Au, ja!, riefen die Kinder.

Bitte, sagte Horst-Amor, bitte, bitte die Geschichte von der schicken Dornenkrone!

Die Geschichte von der schicken ... Die Erzieherin hielt inne. So eine Geschichte gibt es in der ganzen Bibel nicht, Horst-Amor!

Doch, doch!, rief der Junge. Der Jesus hängt am Kreuz und ein Verbrecher kommt und sagt: So eine schicke Dornenkrone! Die muss ich haben! Und Jesus kann schon nichts mehr sagen. Da springt der Gangster wie beim Basketball hoch und schnappt sich die Dornenkrone, sie bleibt noch hängen, dann geht es aber doch und dann läuft der Verbrecher fort und setzt sie sich zu Hause selber auf, schaut sich im Spiegel an und findet, dass sie ihm besser steht als Jesus, und seine Kumpels sagen: Ja! Uns Verbrechern steht immer alles besser als den Heiligen!

Aber Horst-Amor!, unterbrach ihn die Erzieherin. Das stimmt doch alles gar nicht! Das ist Unsinn! Hör' jetzt bitte auf damit! Sie schlug die Bibel auf.

Hat Jesus denn die schicke Dornenkrone wiederbekommen?, wollte ein Mädchen wissen.

Nein, sagte Horst-Amor. Er ist ohne Dornenkrone gestorben.

Haben denn die beiden Soldaten, die am Kreuz standen und Jesus bewachen sollten, nichts unternommen?, fragte der altkluge Jeffrey.

Ach ja!, rief Horst-Amor. Jetzt fällt's mir wieder ein! Sie haben dem Verbrecher ihre Lanzen von unten ins Herz gebohrt, als er Jesus die Dornenkrone vom Kopf riss! Als er unten ankam, war er schon tot! Die schicke Dornenkrone lag am Boden und die Soldaten waren zu faul, sie Jesus wieder aufzusetzen. Sie wollten sie dem Gangster aufsetzen, aber der hatte einen viel zu kleinen Kopf. So trugen sie ihn mit der Dornenkrone um den Hals fort, so war es!

Horst-Amor weinte.

Siehst du!, sagte die Erzieherin. Nun hat dich deine eigene Lügengeschichte so traurig gemacht, dass du weinen musst!

Glaubt ihm kein Wort!, ruft sie den andern Kindern zu. Das ist eine erfundene Geschichte! Sie ist nicht wahr! Horst-Amor hat vom lieben Gott etwas sehr Schönes bekommen: Er ist phantasiebegabt! Aber er muss noch lernen, seine Phantasie sinnvoll zu gebrauchen! Schaut ihn an! Bald werdet ihr lesen können und feststellen, dass nichts davon in der Bibel steht. Und nun lese ich euch vor, wie Jesus von den Toten auferstanden ist und danach blasen wir Eier aus und malen sie farbenfroh an! Wie heißt das nächste, große Fest?

Ostern!, riefen alle.

Das Lachen in der Nacht oder: Die Hochzeit

Zwei Aktenordner desselben Herstellers hatten sich ineinander verliebt und wollten ein Kind zeugen. Seit Wochen schon pressten sie ihre Grifflöcher immer verzweifelter voller Verlangen aufeinander, aber nicht die sanfteste Wölbung war bei einem der beiden zu entdecken.

Es geht nicht!, klagten sie leise in der Nacht. Unsere Liebe wird keine Früchte tragen! Wir müssen ohne Nachkommen von der Erde verschwinden und niemand wird jemals wissen, dass es uns und unsere Liebe gegeben hat!

Ruhe!, herrschte der PC sie an. Seid endlich still! Ich will schlafen! Und alle anderen, die morgen wieder hart arbeiten müssen auch! Kann nicht jeder mehr oder weniger voll herumstehen wie ihr und dummes Zeug reden! Glaubt ihr wirklich vom Löcheraufeinanderpressen bekommt man Kinder? Er lachte. Ha!

Die Aktenordner bebten innerlich vor Ärger.

Was weißt du denn von Liebe?, sagte der eine zum PC und der andere brach in trockene Tränen aus, die schlimmste Art zu weinen!

Dank seiner sensiblen Technik spürte der PC, wie sehr er die beiden verletzt hatte.

Tut mir leid, sagte er umstandslos. War nicht so gemeint. Ihr seid die ersten Ordner, die so reden. Aber Realität ist Realität! Ihr seid nicht auf der Welt, um eine Familie zu gründen! Ihr sollt den Menschen dabei helfen, ihre Akten zu ordnen. Das ist eine große Aufgabe und dafür seid ihr wie geschaffen! Warum freut ihr euch nicht einfach darüber? Es gibt viele Dinge auf der Welt, die ihre Aufgabe nicht erfüllen. Sogar die Menschen schaffen das nicht immer! Ihr seid in dieser Hinsicht vorbildlich: Leicht, stabil, handlich! Wer kann das von sich sagen? Nicht mal alle Menschen!

Hör' endlich auf, uns mit Menschen zu vergleichen!, riefen die Aktenordner. Wir wissen, was wir sind! Aber wir lieben uns! Und wir haben das Bedürfnis, uns fortzupflanzen!

Da lachte der PC erneut, noch lauter als zuvor, auch andere kicherten, sogar die anderen Aktenordner.

Wie stellt ihr euch denn eure Kinder vor?, fragte der Locher die Verliebten. So kleine, dünne Aktenordnerchen, die aus eurem Inneren wimmernd ins Regal purzeln? Wie süß!

Nun brüllte das ganze Büro!

Das hätte andere zu weiteren Gemeinheiten angespornt. Aber der Locher war ein sachlicher und moralisch grundsolider Typ.

Kinderwünsche haben im Büro nichts zu suchen, sagte er nur noch, und die Vorhänge ergänzten: Genießt die Liebe, ihr blöden Pappdeckel! Wie kann man nur so anmaßend sein! Wir schauen tagaus tagein in eure schwarzen Löcher und haben nie etwas anderes vermutet als finstere, trostloseste Leere! Nun wissen wir: Es ist Liebe, geheimnisvoll und dunkel wie die Tiefsee! Das dopt den Alltag, aber wie!

Wie Tiefsee!, seufzten die Aktenordner. Wie Tiefsee! Haben sie wirklich Tiefsee gesagt?

Ja, Tiefsee!, schrie das ganze Büro. Tiefsee, Tiefsee, Tiefsee!

Und als die Sonne aufging, grüßte sie besonders herzlich das lachende und immer noch Tiefsee brüllende Büro, denn sie kannte die Zusammenhänge, auch ohne informiert zu sein.

Stille Nacht

Drei Karpfen wollten richtig Weihnachten feiern und gingen an Land, um einen Christbaum zu schlagen. Sie suchten einen schönen aus und kehrten mit ihm in den Fischteich zurück.

Es ist erst Oktober, gab ein Hecht zu bedenken, ihr könnt nicht einfach Weihnachten feiern, wann ihr wollt!

Können wir doch!, sagte einer der Karpfen, das Weibchen Oma, ich habe mein Horoskop gelesen und da stand: Sie wissen, wann es Zeit ist. Hast du Kugeln?

Ich, Kugeln?, rief der Hecht. Wie käme ich denn dazu? Ich habe noch nie Weihnachten gefeiert, ich feiere nie was. Und ich kenne auch sonst keinen, der Kugeln hat!

Wir brauchen Kugeln, Kerzen und Lametta, sagte der zweite Karpfen, das Männchen Opa. Sonst wäre alles wie im Wald, so ohne alles, das ist nicht Weihnachten! Wir müssen noch mal los!

Ohne mich!, rief der dritte Karpfen, das Männchen Maik. Mir war im Wald schon mulmig, zu den Menschen geh' ich nicht! Die stecken uns in einen Käfig und dann müssen wir hüpfen und singen, sonst lassen sie uns verhungern.

So sind die Menschen?, fragte eine fette Schleie.

So sind die!, rief Maik. Erzählen sich die Frösche, die wissen es von Vögeln und Vögel wissen alles. Und deshalb geh' ich nicht noch mal an Land!

Angsthase, sagten Oma und Opa.

Sie hüpften aus dem Wasser und liefen zum erstbesten Haus. Sie klingelten. Eine Frau um die vierzig öffnete die Tür. Nanu, so früh schon Krapfen?

Karpfen, verbesserten die Karpfen.

Ja, natürlich!, rief die Frau. Ich bin heute so unkonzentriert, es muss am Wetter liegen. Die Karpfen nickten freundlich mit den Kiemen und stellten sich vor, sie fragten nach den Sachen.

Na, kommt doch erstmal rein, sagte die Frau. Es ist ja schon recht kühl. Sie bat sie in die Küche.

Setzt euch, bitte! Wollt ihr auch Rührei?

Ja, gerne, sagten die Karpfen.

Ihr seid Spiegelkarpfen, nicht?, fragte die Frau.

Ja, beide, antwortete Opa.

Die Frau setzte ihnen Teller mit Rührei vor. So, ihr esst jetzt und ich sehe derweil nach den Weihnachtssachen.

Die Karpfen schlabberten das Rührei vom Teller und warteten.

Nach zehn Minuten kam die Frau mit einem Karton wieder. Hier ist alles drin!

Die Karpfen strahlten! Sie bedankten sich bei der netten Frau und hüpften zurück zum Teich. Der Baum sah toll aus, nur die Kerzen gingen nicht an.

Macht nichts, meinte Oma, wir kleben an die Dochte gelbrote Fitzelchen, das sieht dann aus wie Flammen.

Und wo bekommen wir die Fitzelchen her?, fragte Maik.

Die holst du bei der Frau, sagte Opa.

Maik fasste sich ein Herz und rannte los. Er klingelte. Ein Mann machte auf.

Ist Ihre Frau da?, fragte Maik.

Das mach' ich selbst, sagte der Mann und schlug den Karpfen auf der Schwelle bewusstlos. Er nahm ihn sofort aus und legte ihn in die Tiefkühltruhe.

Hanni, sagte er zu seiner Frau, als sie vom Friseur nach Hause kam, stell' dir vor, der Weihnachtskarpfen ist schon da. Die kommen immer früher!

Was wollte er denn?, fragte die Frau.

Der Mann lachte. Er liegt schon in der Truhe!

Unterdessen wollten Oma und Opa endlich mit dem Feiern anfangen.

Maik, der Arsch!, schimpfte Oma. Sicher hat er sich verlaufen oder einen Abstecher zum Silbersee gemacht!

Sollen doch die kleinsten Rotfedern die Flämmchen spielen, schlug Opa vor, die freuen sich bestimmt!

Sie riefen nach den Fischchen. Ihr beißt einfach in die Dochte und bewegt euch munter, sagte Opa. Ja, so ist gut! Sehr schön!

Den Rotfedern machte es Spaß. Oma und Opa sangen Oh Tannenbaum, und alle Fische kamen angeschwommen, sogar der alte Wels Oskar Freitag.

Heute feiert ihr Weihnachten und morgen wachsen euch Hände und Füße und Ohren und Kniescheiben, brummelte er in den Morast. Nun sangen Oma und Opa Oh du fröhliche.

Was heißt denn fröhlich?, fragte eine kleine dumme Karausche.

Das musst du jetzt nicht fragen!, sagte Opa gereizt. Jetzt nicht! Er wollte das nächste Lied anstimmen, doch Oma erklärte es der Karausche.

Wo der Maik nur bleibt?, fragte seine Freundin Nokia.

Vielleicht bleibt er bei den Menschen, meinte Opa, die sind ja auch sehr freundlich.

Ach, was!, rief Oma. Sie hatte Nokias Tränen gesehen. Der kommt schon wieder! Die Menschen können viel, aber laichen können sie nicht!

Nee, sagte Nokia lächelnd, da würde ihm was fehlen.

Dann lauschte sie dem nächsten Lied, das Oma und Opa voller Inbrunst sangen: Maria durch den Urwald ging.

Falscher Text, murmelte ein Aal und andere Fische buhten leise, weil ihnen dieses Lied, alleine schon die Melodie, für ein Fest zu traurig war.

Weiter

Eine bunte Wiese mit grünen und grauen und schwarzen und schwarz-weißen Blumen lag hinter einem verfallenen Haus.

Eine alte Frau goss klagend die farbigen Halme: Was bist du nur für eine seltsame Wiese! Meine ganze Rente geht für die hohe Wasserrechnung drauf!

Sag' das Vattenfall!, entgegnete die Wiese.

Aber normale Wiesen kommen mit dem ganz normalen Niederschlag aus, beschwerte sich die Alte, nur dich muss man gießen!

Bin ich deine Freude?, fragte die Wiese.

Ja, schon, sagte die Alte.

Dann geht deine Rente für die Freude drauf, sagte die Wiese. Wie viele Alte haben dieses Glück?

Schon gut, sagte die Frau, und goss vergnügt und heiter weiter.

Schule für Große

Nach Karneval

Ist es nicht faszinierend, fragte unser Lebenskundelehrer am Aschermittwoch, in einer Welt zu leben, die so im Aufbruch ist wie unsere?

Wir waren von dem vielen Feiern noch sehr mitgenommen und manche merkten deshalb gar nicht, dass es eine Frage war. Horst war immer noch betrunken und summte »Die Hände zum Himmel« vor sich hin.

Was summst du da?, fragte Dr. Kanold.

»Die Hände zum Himmel«, sagte Horst. Kennen Sie das nicht? Es ist das schönste Lied der Welt!

Dr. Kanold lächelte. Na, lass es uns mal hören!

Horst sang das Lied, einige stimmten ein.

Ja, sehr schön, sagte der Lehrer und wiederholte versonnen die Zeilen: Kommt lasst uns fröhlich sein! Wir tanzen zusammen und keiner bleibt allein. Sehr schön! Da steckt viel Weisheit drin!

In den einfachsten Sachen steckt oft die meiste Weisheit drin!, rief Gerd.

Doch Dr. Kanold sagte nur: Blödsinn! Du bist anfällig für Klischees und billige Lösungen! Weißt du noch die Eingangsfrage?

Gerd nickte ultrakurz, fast unnatürlich.

Und?, fragte der Lehrer. Ist es faszinierend?

Ich weiß nicht, sagte Gerd. Hat auch viele Nachteile. Man kann sich auf nichts mehr verlassen!

Worauf konnte man sich denn vor hundert Jahren verlassen?, fragte Dr. Kanold.

Auf die Familie zum Beispiel, sagte Lore.

Auch bei Lungenentzündung?, fragte Dr. Kanold. Auch

wenn die Eltern so arm waren, dass sie ihre begabten Kinder nicht auf höhere Schulen schicken konnten? Auch bei Krieg? Hört bitte endlich auf mit dieser jämmerlichen Nostalgie! Früher war gar nichts besser!

Doch!, rief Helga. früher hatten die Menschen mehr Gemeinschaft!

Meinst du die Hitlerjugend?, fragte Dr. Kanold.

Ja, sagte Helga. Aber auch die Straße. Ich habe einen Neffen, der hockt stundenlang vor dem Bildschirm! Ballerspiele, Fernsehen, Videos! Wir sind noch rausgegangen, da waren immer Kinder auf der Straße.

Da gab's noch nicht so viele Autos!, rief Johannes.

Es gab aber auch mehr Kinder, sagte Rosi.

Wollt ihr mal welche?, fragte Dr. Kanold.

Mal sehen, sagte ich. Das kommt ja auch auf den Partner an. Wenn der gewalttätig ist, kriegt man besser keine.

Seht ihr!, sagte der Lehrer. Das ist eins von vielen Problemen, die es in Zukunft nicht mehr geben wird! Die Gentechnologie wird uns in die Lage versetzen, die Veranlagung zur Gewalt auszumerzen! Auch andere widerliche Eigenschaften wie Gier und Fettsucht werden bald der Vergangenheit angehören.

Wir staunten. Echt?, fragte Horst, als hätte Dr. Kanold uns das alles fest versprochen.

Herr Kanold!, meldete Lilly sich zu Wort. Wird die Welt ohne das Böse denn nicht schrecklich langweilig? Oder wird es dadurch noch attraktiver, weil es dann so selten ist?

Dr. Kanold lachte. Guter Gedanke! Was meinen die anderen?

Alle dachten nach oder versuchten es. Ich fand, dass Lilly recht hatte. Seltene Sachen wie große Diamanten oder superschöne Menschen sind begehrt.

Ist das alles, was euch dazu einfällt?, fragte Dr. Kanold. Alle schwiegen.

Lilly hat recht, erklärte uns der Lehrer, wenn man das

Leben ausschließlich mit den Augen des Handels betrachtet. Aber ist denn das ganze Leben Ökonomie?

Niemand wußte es. Johannes meinte, die Fragen seien viel zu schwer an einem Tag wie Aschermittwoch. Dem stimmten viele zu.

Wisst ihr, was Güte ist?, fragte Dr. Kanold.

Wenn man gut ist, sagte Lore, also von Herzen gut, nicht nur im Bett oder als Fachmann.

Richtig, sagte Dr. Kanold. Geht also doch!

Das sind Leute, rief Horst, die das letzte Hemd für andere weggeben, oder?

Genau, sagte der Lehrer. Solche gütigen Leute sind doch eher selten, oder nicht? Und was meint ihr: Sind solche Menschen hoch angesehen?

Nee, sagte Gerd, die werden ausgenutzt oder verarscht.

Ja, sagte Dr. Kanold. Sie werden oft für dumm verkauft, es gibt sogar das alte Sprichwort »Gutheit ist Dummheit«! Also, ihr seht: Nicht immer ist etwas Seltenes begehrenswert. Das gilt auch für Krankheiten.

Und selten Doofe!, rief Horst.

Der Lehrer lächelte und nickte.

Auch die werden dann aussterben. Wir haben einen Punkt der Menschheitsgeschichte erreicht, an dem sich ungeahnte Möglichkeiten auftun. Ich freue mich schon riesig!

Aber sie werden all die neuen Errungenschaften nicht mehr erleben, meinte Helga. Oder glauben Sie, das geht so schnell?

Wir leben in einer rasend schnellen Zeit, sagte Dr. Kanold. Sie ist noch schneller, als wir glauben!

Er schaute auf die Uhr. Noch acht Minuten! Wir werden in der nächsten Stunde über die Zeit sprechen, über Zeitgefühl, Zeitmaße usw. Macht euch im Vorfeld schon mal ein paar Gedanken, damit es nicht so zäh wie heute abläuft. Hat euch die Stunde etwas gebracht?

Mir nicht, sagte Johannes. Ich finde, sie versuchen in

uns eine Begeisterung zu wecken, die wir so gar nicht haben! Wir haben ja auch Ängste!

Genauestens!, rief Rita. Wir haben viel mehr Ängste als Begeisterung!

Rita!, stieß Dr. Kanold gequält hervor. Spare dir bitte dieses »Genauestens«! Genau reicht völlig aus.

Rita sah genervt hinaus. Da fliegt ein Zeppelin!, rief sie. Ein roter Zeppelin!

Tatsächlich, sagte Dr. Kanold. Was ist das denn? Er öffnete ein Fenster.

Auf dem Zeppelin stand in großen weißen Großbuchstaben: Keine Angst.

So ein Zufall, sagte der Lehrer. Kaum ist der Begriff gefallen, fliegt er schon vorbei!

Sieht aus wie die Flagge von der Schweiz!, rief Helga.

Wegen der Farben, sagte Dr. Kanold. Gut beobachtet! Die machen wahrscheinlich Werbung für irgendein Schweizer Produkt!

Sieht super aus!, rief Gerd.

Dr. Kanold stimmte zu: Ja, so ein knallroter Zeppelin mit weißer Schrift vor einem strahlend blauen Himmel, das wirkt äußerst intensiv! Und dazu diese zeitlupenhafte Bewegung, das hat schon fast etwas hypnotisches!

Das ist Werbung für Schweizer Uhren!, rief Lilly. Jetzt fällt's mir ein, die habe ich schon irgendwo gesehn! Ja, richtig, die geht noch weiter, die heißt: Keine Angst, die Zeit bleibt niemals stehen! Oder hab' ich das geträumt?

Alle lachten.

Ja, sagte Dr. Kanold. Das musst du geträumt haben. So eine Werbung haben die Schweizer Uhren gar nicht nötig. Es klingelte.

Ich dachte: Diese Lilly! Verwechselt Traum mit Wirklichkeit! Und das als Mathe-Ass!

Der Uferdialog

Ein alter Waschlappen lag am Ufer eines großen Flusses und sonnte sich.

Geht's dir gut?, fragte eine wunderschöne Landforelle mit herrlich gewachsenen Wanderflossen.

Ja, sagte der Waschlappen, auf meine alten Tage geht's mir noch mal so richtig gut, und selber?

Geht so, sagte die Landforelle. Ich wollte Model werden, aber mein Gesicht sieht einfach zu lustig aus, es ist nicht cool genug.

Der Waschlappen sah dem Fisch ins Gesicht und sagte: Stimmt! Du hast tatsächlich ein lustiges Gesicht! Du scheinst die ganze Zeit zu lächeln. Mir gefällt das, die Welt braucht Freundlichkeit.

Ich bin aber nicht so!, rief die Forelle. Ich bin ein ernstes Wesen, ein Raubtier! Mein freundliches Aussehen hilft mir beim Beutemachen.

Sie zeigte dem Waschlappen ihre spitzen Zähne.

Wow!, rief der Waschlappen. Das sieht ja furchterregend aus! Warum willst du denn Model werden, wenn du ein erstklassiges Raubtier bist?

Bin ich eben nicht!, rief die Forelle. Ich bin kein gutes Raubtier! Mir tun die Opfer leid! Ich möchte anders leben, gutmütig, friedlich, vegetarisch!

Verrückte Welt!, rief der Waschlappen. Geh weiter, geh weiter! So ein krankes Gewäsch! Eine vegetarische Forelle! Ich fall' ins Koma!

Die Forelle packte ihn und warf ihn in den Fluss.

Ein alter Waschlappen, dachte der Fluss, will sich auf seine alten Tage nochmal so richtig vollsaugen. Der Lappen dachte nichts. Denn Dinge denken nur, wenn's ihnen gut geht, sie sind anders als wir.

Geduld und Gier und Dirigieren

Zwei Schmetterlinge saßen auf einem Stacheldrahtzaun und sprachen über Autos. Da sie beide, wie alle Schmetterlinge, Männchen wie Weibchen, Erwin hießen, nenne ich sie Erwin 1 und Erwin 2.

Ich saß schon mal auf der Motorhaube eines gelben Maserati, sagte Erwin 1, da kam sein Besitzer und hat mich gesehen und er war so stolz darauf, mich auf seinem Auto zu haben, dass er ganz, ganz langsam durch die Straßen fuhr. Die Leute blieben staunend stehen und nickten anerkennend, wenn er vorüberfuhr. Wunder der Technik plus Wunder der Natur – das brachte manche an den Rand des Wahnsinns. Sie nickten so heftig, dass sie wegen Schleudertraumata behandelt werden mussten.

Großartig!, rief Erwin 2. Er begeisterte sich gerne. Großartig! So etwas habe ich noch nie erlebt!

Er freute sich fast ausgelassen und flatterte hoch in den Himmel.

Komm runter!, rief Erwin 1, dann erzähle ich dir noch etwas Tolles.

Erwin 2 ließ sich wieder auf dem Stacheldraht nieder.

Also, begann Erwin 1, einmal sonnte ich mich auf dem Dach eines orangenen Fiat Panda, da hörte ich ein Geräusch. Ich flog um das Auto herum und entdeckte am Heck einen Schimpansen. Er steckte immer wieder ein Stöckchen in den Auspuff und zog es heraus. Was tust du?, fragte ich. Willst du schwarzes Zeug essen? Nein, du Dummkopf!, rief der Schimpanse. Ich bin auf der Jagd nach Dieselkrabben! Sie leben in solchen dunklen Röhren. Man braucht aber Geduld.

Was ist das denn?, fragte Erwin 2. Geduld?

Keine Ahnung, sagte Erwin 1. Vielleicht eine Art Lockstoff. Den schmiert der Affe an sein Stöckchen, was weiß ich?

Hast du den Affen nicht gefragt?

Nein, sagte Erwin 1, der war so sehr beschäftigt, ich wollte ihn nicht stören. Der war auch ganz nervös und zappelig.

Gierig, sagte Erwin 2, so sind die Säugetiere, wenn sie gierig sind! Er machte gierige Säugetiere nach. Auch das begeisterte ihn sehr. Ich wär' so gern ein Säugetier, sang er mit schlagenden Flügeln, dann könnt' ich immer gierig sein!

Schwupps! Da hatte eine Kuh ihn vom Draht geschleckt, ohne sich zu verletzen. Erwin 1 suchte das Weite.

Seit wann frisst du Schmetterlinge?, fragte eine andere Kuh. War ein Versehen, erklärte die eine. Er sang ein Lied, ich wollte mit der Zunge dirigieren, er blieb hängen. Das hab' ich nicht gewollt!

Warum singst du nicht selber mal?, fragte die andere Kuh. Wir Kühe haben kräftige Stimmen, aber singen tun wir nie.

Kommt noch, meinte die eine. Ich weiß, wie's geht, aber ich lass mich von keinem hetzen oder unter Druck setzen, ok?

Ok, sagte die andere Kuh, ich würd's nur gern mal hören!

Vor der Arbeit

Na, Gott sei Dank!, sagte Reinhard und schaltete den Fernseher aus. Im Osten werden wieder mehr Kinder geboren!

In unserem Osten? fragte Leni.

Ja, sagte Reinhard froh. Jetzt wird es wieder aufwärts gehen!

Warum denn?, fragte Leni. Bloß weil sie im Osten wieder mehr ficken, muss es doch nicht aufwärts gehen.

Mehr ficken!, regte Reinhard sich auf. Sie ficken nicht mehr, sie kriegen mehr Kinder! Das ist doch ganz was anderes!

Nun pass mal auf, du Optimist! rief Leni. Die waren deprimiert im Osten, weil der Kapitalismus sie enttäuscht hat und da haben sie aufgehört zu ficken, klar? Und deshalb gab es kaum noch Kinder! Jetzt kriegen sie sich wieder ein. Sie haben sich an wenig Arbeit und wenig Geld gewöhnt und sagen sich: Wenn es wieder ungefähr so ist wie früher in der DDR, dann können wir auch wieder so viel ficken wie früher.

Leni!, rief Reinhard. Was ist denn los mit dir? Früher hast du dieses Wort so gut wie nie benutzt, höchstens kurz vorm Höhepunkt! Und jetzt diese Penetranz! Du redest dummes Zeug! Die Leute, die jetzt Kinder bekommen, waren zu DDR-Zeiten kleine Kinder, da ist nichts mit »Heute ist es so wie früher«, das siehst du völlig falsch! Nein, nein! Das ist die neue Zeit! Die Leute haben das Jammern satt, die haben endlich kapiert, in was für einer Gesellschaft wir leben und was sie uns bietet! Da ist auch Dankbarkeit im Spiel! Die sehen doch Tag für Tag, was los ist auf der Welt! Dieser ganze Wahnsinn! Sie haben verstanden, dass man in unserem Land nur anpacken muss, dass jeder hier seiner Heimat Zuversicht und Optimismus schuldet!

Zuversicht!, rief Leni und streckte ihren Rücken. Wo lebst du denn? Schau den Leuten öfter ins Gesicht, du Ignorant!

Das sagst du einem Optiker!, rief Reinhard.

Er setzte sich zu seiner Freundin an den Küchentisch und sah besorgt aufs nackte Holz.

Du hast ja recht, die Lage der westlichen Welt ist ernst! Und die Lage der restlichen Welt ist auch ernst. Aber darum muss die restliche Welt sich kümmern. Wir sind die westliche Welt und wir brauchen ein gutes Grundgefühl. Wenn wir etwas essen, sollten wir es uns schmecken lassen und nicht an eventuelle Schadstoffe denken, und wenn wir duschen, sollten wir es genießen und nicht an die weltweite Wasserknappheit denken. Auch unsere seelischen Ressourcen sind nicht unerschöpflich, ich sag' nur Burn-out!

Und wenn wir ficken, fragte Leni, sollten wir da nicht an Kinder denken? Wir sind jetzt über dreißig! Sag' doch endlich, dass du mit mir keine Kinder haben willst! So ist es doch!

Wir sprachen über die westliche Welt, sagte Reinhard. Nicht über Privates!

Sag doch endlich, dass du mit einer Verkäuferin keine Kinder haben willst!, rief Leni. Sag es, du Feigling!

Leni, bitte, sagte Reinhard. Du weißt, ich habe heute Kopfschmerzen. Ich dachte, wir reden kurz über dies und das, aber ...

Aber was?, rief Leni. Wenn's ernst wird, ziehst du den Schwanz ein! Du wartest auf 'ne Bessere, gib's zu!

Leni, sagte Reinhard leise und eindringlich, ich liebe dich, das weißt du nur zu gut! Aber Kinder sind ein großes Thema!

Kinder sind kein Thema, du Idiot!, schrie Leni. Kinder sind Kinder!

Sie warf sich auf die Couch und weinte.

Leni, sagte Reinhard, ich muss jetzt los, wir sprechen heute abend. Er küsste sie sehr zärtlich auf den Hinterkopf.

Leni hatte ihr Gesicht in den bunten Kissen vergraben, sie hörte auf zu weinen. Reinhard ging aus dem Haus. Sie presste ihr Gesicht noch tiefer in die Kissen und kniff die Augen ganz fest zu. Sie wollte Sterne sehen.

Das Gespräch mit dem Zebra

Was bedeutet das? Was bedeutet das?, schimpfte der Teufel. Immer fragst du mich? Du hast alles erschaffen, auch mich und die Bedeutungen, also, was fragst du dann, du kennst uns, oder?

Dich schon, erwiderte Gott, aber diese verflixten Bedeutungen? Ich habe sie erschaffen oder nicht, ich kann mich nicht erinnern! Sie haben sich vielleicht auch nur ergeben, wie die Pfützen nach dem Regen, es interessiert mich nicht, ich brauche sie auch nicht, denn ich muss mich mit niemand verständigen, verstehst du?

Dann frag' mich nicht, sagte der Teufel. Wenn dich die Bedeutungen nicht interessieren, dann frag' mich nicht danach!

Ich kann auch einfach so was fragen, sagte Gott. Ich brauche keine Absicht, kein Interesse, nicht einmal das leiseste Gefühl, die mickrigste Regung, das weißt du ganz genau!

Der Teufel legte ein fertig gebügeltes, braunes Hemd auf den Stapel und gähnte.

Geh' schlafen!, sagte Gott. Für heute hast du genug getan! So viele Faschisten, wie du Hemden bügelst, gibt es gar nicht mehr.

Täusch dich nicht, sagte der Teufel, und deutete mit dem Bügeleisen in alle Richtungen gleichzeitig.

Ich sehe mehr Gutes als Böses, sagte Gott.

Weil du schlechte Augen hast, entgegnete der Teufel. Du siehst nur das, was strahlt!

Ach!, rief Gott. Du willst nur immer recht behalten! Ich dreh' noch ein paar Runden in der Serengeti! Er rannte los und winkte einem Zebra.

Es kam ihm entgegen und rief: Super! Hammer! Endlich treff' ich dich mal! So siehst du also aus! Danke, Gott, für meine geilen Streifen, das wollte ich dir immer schon mal sagen.

Nichts zu danken, sagte Gott bescheiden. Du bist nun einmal eins von meinen absoluten Meisterwerken, das steht fest. Ich habe erst geübt, mit Birken, Zebrastreifen, Zebrafinken, Zebrafischen, auch mit Menschen, und als ich mir sicher war, die Technik zu beherrschen, ging es eigentlich ganz einfach, ich war schon souverän! Es sah umwerfend aus, sogar der Teufel musste schlucken und versuchte, Schnee zu grillen, um grafisch dagegen zu halten. Es sah armselig aus!

Du hast wirklich mit Menschen experimentiert?, fragte das Zebra. Das glaub' ich jetzt nicht, ne!

Meinst du, ich lüge?, rief Gott mit gespielter Beleidigung.

Nein!, rief das Zebra. Um Himmels Willen! Aber ich kann es einfach nicht fassen, dass wir dir wichtiger als die Menschen waren!

Wichtiger?, fragte Gott verständnislos. Wieso denn das? Mir sind alle meine Geschöpfe gleich wichtig: Die Kellerassel, das gleichschenklige Dreieck, der Finanzvorstand, Heilige, Kieselsteine, alle Farne und Veilchen und Kreuzworträtsel, alle! Wenn ich mit dem schwarz-weiß gestreiften Menschen glücklich gewesen wäre, hätte es dich nicht gegeben! Aber es sah so scheiße aus! Und dann meinte meine Frau: Ein schwarz-weiß gestreiftes Pferd stell' ich mir sehr schön vor, versuch' das mal!

Du hattest eine Frau?, fragte das Zebra. Ich dachte, du wärst seit Ewigkeiten mit dem Teufel zusammen?!

Oh, nein!, rief Gott. Was denkt ihr Tiere nur!

Ich hatte lange, lange Zeit eine Frau, aber die Zeit gefiel ihr nicht, das ganze Raum-Zeit-Ding ging ihr irgendwann auf die Nerven, das Werden und Vergehen und Werden und Vergehen, es langweilte sie.

Sie hatte einen andern, stimmt's?, sagte das Zebra.

Gott nickte traurig. Sie hatte einen Jüngeren, ja. Stell' dir das mal bitte vor: Dieses ewige Werden und Vergehen langweilt sie und dann hat sie auf einmal einen Jüngeren!

Das hat dich fertig gemacht, stimmt's!, sagte das Zebra. Seitdem tanzt dir der Teufel auf der Nase herum, dir fehlt die Energie für wichtige Projekte, zum Beispiel, den Menschen endlich zur Vernunft zu bringen und aus ihm ein geglücktes Wesen zu machen.

Nein, sagte Gott. Jetzt redest du aber Unsinn. Die meisten Menschen sind glücklich, erst gestern gab es in Deutschland eine Umfrage, die das bestätigt. Sagt dir das etwas, Deutschland?

Hitler, sagte das Zebra.

Eben, meinte Gott. Die Deutschen sind nicht ohne. Wenn die mit ihrer schrecklichen Vergangenheit schon glücklich sind, geht es den anderen Völkern bestimmt noch viel, viel besser.

Du musst es ja wissen, meinte das Zebra, du weißt ja schließlich alles! Findest du Löwen eigentlich gut?

Gut und schön, sagte Gott.

Und was hast du gegen Wasser?

Gar nichts, sagte Gott. Wasser ist eins von meinen Lieblingselementen! Du meinst, weil es so knapp ist hier?

Ja, sagte das Zebra, das wäre meine Bitte an dich: Bau' uns bitte ein Spaßbad! Menschen haben so was auch. Dann könnten wir uns auch einmal so richtig volllaufen lassen und rumplantschen und surfen und die Krokodile müssten draußen bleiben! Ich seh' das vor mir: Wie sie sich draußen an den dicken Panzerglasscheiben ihre verdammten Schnauzen vor blinder Gier blutig schlagen!

Ein Spaßbad!, rief Gott. Für euch und die Gnus und die Elefanten, ja?

Von mir aus auch für die, sagte das Zebra, das wäre schon ein Fortschritt.

Ok, sagte Gott. Das muss ich mit dem Teufel besprechen, der kümmert sich um solche unnatürlichen Sachen wie Genmais, Monsanto, das Berliner Stadtschloß, Zölibat etc. Der macht das gern!

Danke!, rief das Zebra, danke lieber Gott! Es galoppierte zurück zur Herde und alle fragten aufgeregt: Ist er noch immer stolz auf uns?

Unheimlich glücklich

Gudrun?, fragte der Zahntechniker Ingmar seine Frau, die neben ihm im Bett lag. Schläfst du schon?
Nein, flüsterte die Zahnärztin, als wollte sie die Nacht nicht wecken. Ich kann auch nicht einschlafen.
Wir haben zu lange Scrabble gespielt, sagte Ingmar. Gerade ging mir das Wort Taubenzucker durch den Kopf.
Taubenzucker?, flüsterte Gudrun. Wirklich? Wie lustig! Ich habe mir vorgestellt, ich hätte Pseudoreligion gelegt!
Wahnsinn, sagte Ingmar. Aber weißt du, ich habe auch über uns beide nachgedacht! Findest du es nicht unheimlich, wie glücklich wir sind? Alle Leute haben irgendwelche Probleme, nur wir nicht! Woran liegt das?
Wenn wir Kinder hätten, flüsterte Gudrun, hätten wir sicher auch Probleme.
Sie kuschelte sich fest an ihren Mann.
Man muss sich eben einig sein, das ist alles. Du willst keine Kinder, ich will keine Kinder, du wolltest ein eigenes Haus, ich wollte eins, wir wollten beide einen schönen Garten mit Heilkräutern und Ramblerrosen, wir wollten beide einen goldenen Lancia! Perfekt!
Es gibt Leute, die finden so viel Harmonie langweilig, sagte Ingmar. Gudrun lächelte.
Ich weiß! Diese Menschen verwechseln das Leben mit einem Roman oder mit Vorabendserien, da muss es immer Konflikte geben, Spannung und Tragödien. Aber wir beide wissen, dass ein gutes Leben, genauso wie gute Kunst nicht spannend oder dramatisch sein muss. Wir finden beide, dass es nichts Schöneres als den blauen Himmel gibt.
Das geht nicht vielen so, flüsterte Ingmar. Ich glaube, wir sind selten.

Ja, flüsterte Gudrun, die wenigsten schaffen es, das Leben geistig zu durchdringen. Dazu braucht es wahre Intelligenz!

Und intakte Emotionen!, fügte Ingmar hinzu und gähnte. Träum was Schönes!

Du auch, flüsterte Gudrun. Du auch.

Nocturne

Zwölf Spiegeleier rannten mit Taschenlampen durch die Nacht und riefen: Wir lassen uns jetzt gleich einen Damenbart wachsen!

Wo denn? fragte der Vollmond. Oben oder unten?

Das verwirrte die Spiegeleier und sie fingen an, sich selbst zu beleuchten.

Wo ist bei uns denn oben?, fragten sie völlig verunsichert. Und wo ist unten?

Fühlt ihr das nicht?, fragte der Vollmond. Das fühlt man doch, wo oben und unten ist! Er lachte dröhnend und zeigte mit seinem dicksten Finger auf die Spiegeleier und er fuhr ihn so weit aus, dass er ein Spiegelei verletzte. Es biss ihn und schrie: Sag' uns sofort, wo oben und wo unten ist!

Na, gut, sagte der Vollmond, der Ei am Finger eklig fand. Ihr seid unten und ich bin oben, alles klar? Die Spiegeleier nickten und ließen sich die Damenbärte an den Rändern wachsen, weil sie jetzt Wimpern wollten.

Frieden

An manchen Tagen ist das Leben so friedlich, dass wir durch die Wohnung schlendern und die Dinge und die Pflanzen anschauen, als wären sie auch so zufrieden wie wir. Ich schaue mir die Decke an und denke: Was für eine großartige Erfindung! Ich schaue mir die Wände an, die Fenster und denke das Gleiche. Wir bewundern die Einrichtungsgegenstände, das Kochgeschirr, die Lebensmittel. Wir machen uns gegenseitig auf interessante Details aufmerksam.

Schaut mal!, ruft Anne. Die Krümel auf dem Küchentisch bilden einen Halbkreis!

Das Medizinschränkchen, sagt Per, hebt sich perfekt vom weißen Hintergrund ab, obwohl es selbst genauso weiß ist!

Ist es nicht erstaunlich, frage ich, wie deutlich sich fast alles von seiner Umgebung unterscheidet?

Lasst uns die Licht- und Schattenwirkung loben!, schlägt Per vor.

Wir loben die Licht- und Schattenwirkung mit den besten Worten, die wir kennen.

Sollten wir auch die Farben loben?, fragt Anne.

Die Farben kann man immer loben, antworte ich, da macht man nichts verkehrt!

Wir loben die Farben, auch die eher unsympathischen.

Du hast ein Loch im Strumpf, bemerkt Per.

Ja, sage ich, fast alle meine Strümpfe haben Löcher, weil ich so knochig bin.

Du bewegst dich zuviel, sagt Anne. Mit ein paar Kilos mehr würdest du besser aussehen! Ich mag stabile Männer!

Ich bin auch so stabil!, entgegne ich.

Mag sein, sagt Anne, aber du wirkst nicht so.

Das macht mir gar nichts aus, sage ich nett.

Ich könnte nie mit einem so knochigen Mann zusammen sein, meint Anne.

Aber knochige Männer passen gut zu molligen Frauen, findet Per.

Nein, sagt Anne, ich hatte einmal einen knochigen Freund und beim Sex musste ich jedes Mal an Hungerkatastrophen und Skelette denken, das ging gar nicht!

So knochig bin ich nun auch wieder nicht, schränke ich ein. Ich fühle mich einfach schlank!

Warum bewegst du dich so viel?, fragt Per. Läufst du vor irgendetwas weg?

Ich nicke. Wenn ich zur Ruhe komme, geht's mir schlecht. Dann spüre ich jedesmal, wie wenig mich mit der Welt verbindet!

Geht mir so beim Fernsehn, sagt Anne. Deshalb lese ich so viel! Und deshalb weiß ich auch so viel!

Das mag ich so an dir!, ruft Per. Dass du so viel weißt! Das haut mich jedesmal um, was für Gebiete dich schon interessiert haben, bevor ich wusste, dass es sie gibt! Und als du mir mal haargenau erklärt hast, was ein Differenzialgetriebe ist, war ich richtig stolz auf dich.

Mich interessiert fast alles, sagt Anne, bis auf Popmusik! Die war mir immer schon zu doof!

Weil du keinen Sinn für Kreativität hast, sage ich. Das ist dein wunder Punkt! Du bist kein bisschen kreativ, in dem Bereich bist du total blockiert!

Blockiert?, wundert sich Anne. Ach, was! Blockiert bin ich vielleicht moralisch, aber sonst? Ich bin nun mal nicht kreativ, das ist alles, na und? Dafür habe ich eine sehr schöne Singstimme! Die habt ihr beide nicht!

Wir singen trotzdem, sage ich. Und über Schönheit lässt sich streiten!

Du findest meine Stimme nicht schön?, fragt Anne.

Schön ist sie, sage ich, aber sie klingt wie viele andere

auch. Das mag für euren Chor reichen, aber mir gefallen Stimmen mit eigenem Charakter und Persönlichkeit viel besser, die teilen viel mehr mit!

Deine Originalitätssucht stand schon immer zwischen uns, sagt Anne. Von Anfang an! Weißt du noch, als wir uns kennenlernten, da hast du Pfeife geraucht! Als junger Mensch Pfeife rauchen, ist das stinkigste, was es gibt. Das ist wie – sie sucht nach einem passenden Vergleich – das ist wie permanent furzen!

Permanent furzen!, rufe ich lachend. Du und deine schlechten Vergleiche! Du bist beleidigt, ok! Tut mir leid! Ich finde deine Stimme schön, habe ich etwas anderes gesagt?

Ja, aber immer diese Einschränkungen!, ruft Anne. Immer diese Vorbehalte! Die machen dich so einsam!

Er ist nicht einsam, sagt Per. Er schmückt sich nur damit!

Ich hebe einen Orangenkern vom Boden auf und werfe ihn aus dem Fenster.

Was tust du?, fragt Anne.

Böse Geister können jede Gestalt annehmen, sage ich. Und jetzt ist einer weniger im Raum.

Junge, Junge!, sagt Per. Ich glaube in dir ist es düsterer als nachts im Wald.

Gerade deshalb, sage ich, kann ich den Frieden so genießen: weil die Nacht mich mag!

Erste Hilfe

Zwei Pfund Gammelfleisch kamen in die Erste Hilfe.

Uns geht's so scheiße!, riefen sie ganz laut.

Trotzdem mussten sie warten, bis sie dran waren.

Habt ihr vielleicht was Verdorbenes gegessen?, fragte die Ärztin.

Nee, sagte das eine Pfund. Wir essen nur frische Pfirsichringe.

Nur Süßigkeiten?, rief die Ärztin. Das ist aber als Ernährung verdammt einseitig.

Halt die Fresse!, rief das andere Pfund. Sag uns lieber, was uns fehlt!

Muss psychisch sein, sagte die Ärztin.

Sie haben ja nicht mal unseren Blutdruck gemessen!, rief das eine Pfund. Wir können nicht gesund sein!

Doch, sagte die Ärztin, so was rieche ich. Ihr seid beide 1a-Gammelfleisch. Seid ihr verheiratet?

Sehen sie hier irgendwo einen Ring?, fragte das Fleisch.

Ich dachte, sagte die Ärztin, dass Gammelfleisch den Ehering innerlich trägt. Hab ich in der Schule so gelernt.

Das Gammelfleisch sah sie verdattert an. So was lernt ihr in der Schule?

Unter anderem, sagte die Ärztin. Also, seid ihr verheiratet?

Nein, rief das Gammelfleisch. Wir wären's gerne. Aber unsere Eltern lassen uns nicht. Seine sind Christen und meine Moslems.

Ach, so. Die Ärztin gähnte. Soll ich euch zusammennähen?

Das Gammelfleisch sprang auf. Das würden sie machen? Schon hatte die Ärztin die Nadel zur Hand und turbo war das Gammelfleisch vereint.

So, sagte sie nett. Jetzt seid ihr ein Kilo!

Danke, sagte das Gammelfleisch. Das werden wir Ihnen nie vergessen!

Schon gut, sagte die Ärztin und dachte an Willy Brandts berühmte Worte vom Zusammenwachsen.

Schule für Große

Lebenskunde im Juli

Kurz vor den Ferien haben wir in Lebenskunde das Thema »Gute Menschen – schlechte Menschen« durchgenommen. Aber so kurz vor den Ferien hatten wir schon keine große Lust mehr zum Nachdenken. Deshalb versuchte der Lehrer, uns durch Extreme anzustacheln.
Wer war denn der schlechteste Mensch?, fragte er.
Hitler, sagte Barbara.
Sehen das alle so?, fragte der Lehrer.
Helmut Kohl, sagte Jens.
Also Leute!, rief der Lehrer, so nicht! Ich verstehe, dass ihr schon in Ferienlaune seid, aber so unqualifizierte Sachen möchte ich nicht hören, verstanden?
Stalin, sagte ich.
Schon besser, rief der Lehrer. Auch Stalin war ein Massenmörder.
Bin Laden, rief Heiko.
Gut, sagte der Lehrer, nun hätten wir schon drei. Doch der schlechteste kann nur einer sein.
Wir stimmten ab und Hitler gewann relativ klar.
Und der beste Mensch, fragte der Lehrer. Wer war das? Jesus, Buddha, Mohammed?
Mohammed auf keinen Fall, sagte Linda, der war für Krieg.
Für den Heiligen Krieg, präzisierte der Lehrer. Wir müssen schon genau sein.
Wie kann ein Krieg denn heilig sein?, fragte Lola. Da bleibt doch gar nichts heil, wenn Bomben fallen.
Gute Kriege, schlechte Kriege, sagte der Lehrer. Darüber reden wir ein anderes Mal, sonst kommen wir nie zu

einem Ergebnis. Lasst uns beim Menschen bleiben. Also, Jesus oder wer?

Einstein, sagte Ricky.

Rocky rief: Franz Beckenbauer und Jürgen Klinsmann.

Wieder wurde abgestimmt und Klinsmann gewann ganz knapp vor Beckenbauer.

Der Lehrer lächelte. Und nun stellt euch einmal vor, wir wären Afrikaner! Was wäre dann?

Dann hätten wir andere Sorgen, sagte Linda.

Das auch, meinte der Lehrer. Aber glaubt ihr, dass ein, sagen wir mal, Nigerianer auch Hitler und Klinsmann gewählt hätte? Die Nigerianer waren bei der WM ja gar nicht dabei, die haben von Klinsmann vielleicht noch nie was gehört! Und Juden gibt es da auch nicht viele.

Wir begriffen sofort, was uns der Lehrer sagen wollte, und summten das Deutschlandlied.

Der Lehrer strahlte.

Herr Lehrer!, rief Heiko. Wenn alles relativ ist, war Einstein doch der beste Mensch. Er hat das ja entdeckt.

Aha, sagte der Lehrer. Was meinen denn die anderen dazu?

Also, sagte Barbara, ein intelligenter Mensch ist noch lange kein guter Mensch, das weiß doch jeder! Aber ich bin mir nicht sicher, ob saudumme Leute schlecht sein müssen.

Müssen nicht!, rief Lennart. Wenn sie gutmütig sind, können sie ok sein.

Aha, sagte der Lehrer. Schon wieder ein interessanter Aspekt: Gutmütigkeit. Kann man sich einen gutmütigen schlechten Menschen vorstellen?

Kann man, sagte Ricky. Wenn er verführt wird.

Sehr gut!, lobte der Lehrer.

Und was könnte einen gutmütigen Menschen vor Verführung schützen?

Eine starke Persönlichkeit!, rief ich. Oder Interesselosigkeit.

Ich nehm das erste!, rief der Lehrer. Starke Persönlichkeit, Stichwort: Stärke. Glaubt ihr, dass ein guter Mensch auch schwach sein kann?

Er sah auf die Uhr.

Glaub ich schon, sagte Barbara. Es gibt schwache Gute und starke Gute. Und schwache Schlechte und starke Schlechte. Das hat mit Stärke nichts zu tun, ob jemand gut ist.

Aber wenn es nur schwache, antriebslose, gleichgültige, unfähige Menschen gäbe?, fragte der Lehrer. Könnte das gut gehen?

Das gibt's nicht, sagte Irmgard, die sich nur selten meldet. Es gibt immer genug gute Menschen, das hat Gott so eingerichtet.

Wo waren die denn im Dritten Reich?, fragte Heiko.

In Amerika, sagte Irmgard. Die haben uns ja schließlich auch befreit.

Leute!, rief der Lehrer. Wir haben uns verzettelt.

Er sah wieder auf die Uhr.

Das kriegen wir in der verbleibenden Zeit nicht mehr hin. Jetzt müsst ihr ohne handfeste Anhaltspunkte für eine vernünftige Einschätzung fremder Menschen in Urlaub fahren, schade.

Wir wollten ihn beruhigen.

Herr Lehrer!, sagte Rocky. Machen sie sich keinen Kopf! Wir wissen, dass die alle nur unser Geld wollen. Dafür interessieren wir uns nicht für deren Kultur. Wir wollen die Sonne und das Meer, basta.

Linda protestierte. Ich interessiere mich schon für die Kulturen, wenn ich Urlaub mache.

Fürs Essen hauptsächlich, rief Rocky und spielte damit auf Lindas Gewichtsprobleme an.

Sauft nicht zu viel!, rief unser Lehrer noch.

Erst dachte ich: Was geht das den denn an? Aber im Auto fiel mir ein, wie gefährlich Alkohol sein kann. Von daher ist das alles Lebenskunde.

Finale

Ein altes Brot war trocken und hart geworden.

Ach, seufzte es. Hätten sie mich doch in einer Plastiktüte aufbewahrt. Dann könnte ich mich jetzt mit meinem Schimmel unterhalten.

Ein anderes altes Brot war schimmlig geworden und lobte den Schimmel für seine Farbe: Dein Grün bringt mich zum Träumen!

Der Schimmel schwieg.

Dein Grün beweist, fuhr das Brot fort, dass es ein Leben nach dem Tod gibt. Es hilft mir, alles zu verstehen und zu verkraften.

Der Schimmel schwieg.

Sag was, bat das Brot.

Ich muss arbeiten, sagte der Schimmel.

Aus der Reihe Critica Diabolis

21. *Hannah Arendt,* Nach Auschwitz, 13,- Euro
45. *Bittermann (Hg.),* Serbien muss sterbien, 14.- Euro
55. *Wolfgang Pohrt,* Theorie des Gebrauchswerts, 17.- Euro
65. *Guy Debord,* Gesellschaft des Spektakels, 20.- Euro
68. *Wolfgang Pohrt,* Brothers in Crime, 16.- Euro
129. *Robert Kurz,* Das Weltkapital, 18.- Euro
160. *Hunter S. Thomspon,* Die große Haifischjagd, 19.80 Euro
162. *Lester Bangs,* Psychotische Reaktionen und heiße Luft, 19.80 Euro
171. *Harry Rowohlt, Ralf Sotscheck,* In Schlucken-zwei-Spechte, 15.- Euro
173. *einzlkind,* Harold, Toller Roman, 16.- Euro
174. *Wolfgang Pohrt,* Gewalt und Politik, Ausgewählte Schriften, 22.- Euro
176. *Heiko Werning,* Mein wunderbarer Wedding, 14.- Euro
178. *Kinky Friedman,* Zehn kleine New Yorker, 15.- Euro
184. *Guy Debord,* Ausgewählte Briefe. 1957-1994, 28.- Euro
185. *Klaus Bittermann,* The Crazy Never Die, 16.- Euro
188. *Ralf Sotscheck,* Tückisches Irland, 14.- Euro
189. *Hunter S. Thompson,* The Kingdom of Gonzo, Interviews, 18.- Euro
197. *Wolfgang Pohrt,* Kapitalismus Forever, 13.- Euro
200. *Wolfgang Pohrt,* Honoré de Balzac, 13.- Euro
204. *Robert Kurz,* Weltkrise und Ignoranz, Essays, 16.- Euro
205. *Wolfgang Pohrt,* Das allerletzte Gefecht, 13.- Euro
207. *einzlkind,* Gretchen, Prima Roman, 18.- Euro
208. *Wiglaf Droste,* Die Würde des Menschen ist ein Konjunktiv, 14.- Euro
209. *Lee Miller,* Krieg. Mit den Alliierten in Europa 1944-45, 24.- Euro
210. *Berthold Seliger,* Das Geschäft mit der Musik, 18.- Euro
212. *Franz Dobler,* A Boy Named Sue, 14.- Euro
213. *Klaus Bittermann,* Alles schick in Kreuzberg, 14.- Euro
214. *Heiko Werning,* Im wilden Wedding, 14.- Euro
215. *Hartmut El Kurdi,* Revolverhelden auf Klassenfahrt, 14.- Euro
216. *Ingo Müller,* Furchtbare Juristen, 22.- Euro
217. *Marcel Cohen,* Raum der Erinnerung. Tatsachen, 16.- Euro
218. *Ralf Sotscheck,* Türzwerge schlägt man nicht, 13.- Euro
219. *Wiglaf Droste,* Der Ohrfeige nach, 14.- Euro
220. *Bill Cardoso,* Rummel im Dschungel, Ali gegen Foreman, 12.- Euro
221. *Frédéric Ciriez,* Auf den Straßen von Paris. Roman, 20.- Euro
222. *Hunter S. Thompson,* Odyssee. Gonzo-Briefe, 28.- Euro
223. *Mark Fisher,* Gespenster meines Lebens, 20.- Euro
224. *Hans Zippert,* Würden Sie an einer Tortengrafik teilnehmen?, 14- Euro
225. *Eike Geisel,* Die Wiedergutwerdung der Deutschen, 24.- Euro
226. *Mark Polizzotti,* Highway 61 Revisited. Dylan's Road-Album, 18.- Euro
227. *Berthold Seliger,* I Have a Stream, Eine Polemik gegen das TV, 16.- Euro
228. *Richard Hell,* Blank Generation, Autobiographie, 20.- Euro
229. *Gareth Murphy,* Cowboys & Indies, Über die Musikindustrie, 24.- Euro
230. *Joe Bauer,* In Stiefeln durch Stuttgart, Komakäufer & Rebellen, 14.- Euro
231. *Funny van Dannen,* An der Grenze zur Realität, 16.- Euro

http://www.edition-tiamat.de